Terrordrom

Das Buch

Eiszeitartiger Frost ist der Nährboden, auf dem im Berlin des Jahreswechsels 1999/2000 Aggressivität und Gewalt wachsen, gesät in Form von Manifesten des Hasses eines »angry young man«.
Im Brandherd der Handlung steht Tom, der Moderator einer Talk-Show. Er versucht die Situation für sich zu nutzen, indem er die Panik schürt und so geschickt seine Einschaltquoten hochtreibt. Doch auch er dreht sich längst im Strudel der terroristischen Ereignisse, an deren Ende als blutige und letzte Lösung das Terrordrom steht – ein Sperrbezirk mitten in der City, in dem, nach Entrichtung eines Eintrittsgelds, Krieg spielen mit scharfen Waffen erlaubt ist. Wen wundert es da noch, daß Toms Sender im Besitz der Übertragungsrechte ist und das blutige organisierte Chaos über *Pay-TV* in die ganze Republik verkauft ...!
Eine Vision zur Jahrtausendwende, die an *Clockwork Orange* von Anthony Burgess erinnert.

Der Autor

Tim Staffel, 1965 in Kassel geboren, studierte angewandte Theaterwissenschaften und lebt als freier Schriftsteller in Berlin. *Terrordrom*, seine erste Romanveröffentlichung, hat nicht zuletzt durch Frank Castorfs Inszenierung an der Ostberliner Volksbühne für große Aufmerksamkeit in der Presse gesorgt.

Tim Staffel

Terrordrom

Roman

List Taschenbuch

Besuchen Sie uns im Internet:
www.list-taschenbuch.de

Umwelthinweis:
Dieses Buch wurde auf chlor- und säurefreiem Papier gedruckt.

List Taschenbücher erscheinen im Ullstein Taschenbuchverlag, einem Unternehmen der Econ Ullstein List Verlag GmbH & Co. KG, München
Oktober 2002

Umschlagkonzept: HildenDesign, München – Stefan Hilden
Umschlaggestaltung: Hauptmann und Kampa Werbeagentur, CH – Zug unter Verwendung einer Fotografie von Gerrit Schreurs, Rijswijk

Druck und Bindearbeiten: Clausen & Bosse, Leck
Printed in Germany
ISBN 3-548-60245-2

1. Teil

Das Netz

1

20. 11.–20. 12. 1999

LARS Filmende. Ich verlasse das Kino. »HASS« von Mathieu Kassowitz. Ich laufe die Treppen runter und rieche schon den Schnee von draußen. Ich starre auf die Haare der Fresse, die eben noch vor mir saß. Sie sind naß, obwohl er noch keinen Fuß vor die Tür gesetzt hat. Er grinst mit den drei Girls rum und zieht die Schultern nach vorne. Er friert. Ich gehe trotzdem raus und entscheide mich, mit der Windrichtung zu laufen. Jan erzählt mir am Nachmittag, ich soll mich nicht anpassen, nachdem er gesagt hat, ich soll so bleiben, wie ich bin. Ich versuche darüber nachzudenken, den Scheißwind im Rücken. Ich winke ein Taxi ran. Der Fahrer hat die Slicks aufgezogen und rast unter den Bus, der vor ihm hält. Ich sehe Jan aussteigen und verzichte auf das Taxi. Jan ignoriert mich. In seinem Schlepptau ein Girl, das ich nicht ausstehen kann. Immer noch draußen, versuche ich wieder nachzudenken, während der Busfahrer den Taxifahrer aus dem Wagen zieht und mit ihm die Windschutzscheibe. In meiner Jackentasche finde ich noch ein paar der Aufrufe, die ich mit einem großen V unterschrieben habe. Morgen früh werden ca. 1000 Leute diese Dinger in ihren Briefkästen finden. Ich stecke die restlichen den Idioten zu, die mir gegen den Wind entgegenkommen, ohne auf ihre Fratzen zu achten. Ein paar hinterlege ich bei dem Kebabtürken, der seine Bierbänke auseinanderschraubt. Im Schnee. Im Sturm. Ich klingele bei Hakan, aber er macht nicht auf. Wenn er den Zettel liest, bringt er mich um. Er steht auch nur für den Rest. Was ich nicht kriegen kann. Und das ist nicht nur Hakan. Das ist alles. Und kein Mensch weiß, was das ist. Aber allmählich bekomme ich eine Ahnung davon, also schreibe ich den Aufruf. Aber es ist so ein verdammter Schwachsinn, sich noch die Worte abzuringen, wenn man das alles für sich zu begreifen beginnt. Mittlerweile habe ich mir in dem Schuppen neben Hakans Bude ein Bier bestellt und hoffe, daß er noch vorbeikommt. Ein Typ erzählt mir von seinem Bruder, den er beerdigt hat, und was für ein Scheißaufwand das war, und daß er jetzt auf den ganzen Schulden rumsitzt, die so eine ordentliche Bestattung nach sich zieht. Er nippt an seiner Bloody Mary und wartet auf mein Mitleid, irgendeine Regung der Betroffenheit. Ich mache ihm klar, daß es besser für ihn ist, wenn er selbst draufgeht, und er spuckt mir ins Gesicht. Das Zeug schmeckt irgendwie süß, und er ist irritiert, daß ich so mit meiner Zunge um meinen Mund herumfahre. Er bemüht sich nicht ein zweites Mal. Der Hocker, auf dem er sitzt, dreht sich in eine andere Richtung, und sein Bruder nimmt erneut Gestalt an.

DIE GESELLSCHAFT IST WIE EIN MANN, DER AUS DEM 58. STOCK EINES HOCHHAUSES FÄLLT UND UNTERWEGS, NUR UM SICH ZU BERUHIGEN, IMMER WIEDER DENKT, BIS JETZT LIEF'S NOCH GANZ GUT, BIS JETZT LIEF'S NOCH GANZ GUT. ABER ENTSCHEIDEND IST NICHT DER FALL, ENTSCHEIDEND IST DIE LANDUNG. V

So ungefähr geht der erste Satz des Aufrufs, den ich mit V gekennzeichnet habe. Natürlich ist er geklaut. Ich kann mich an den Rest nicht mehr erinnern und ärgere mich, daß ich die ganzen Zettel drangegeben habe, ohne zu wissen, was eigentlich draufsteht. Ich laufe mit meiner Flasche wieder auf die Straße und überlege, wie ich den Briefträger abfangen kann, der Hakan den Mist zustellen soll. Inzwischen reißt das Wetter die Bäume auf die Erde, und die Leute schreien sich gegenseitig an, weil sie nicht rechtzeitig ausweichen können. Vor mir zieht ein Alter seinen Köter unter so einem abgestürzten Teil raus, bekommt aber nur noch die Hälfte zu fassen. Natürlich schreit er rum und prügelt mit dem zerfetzten Teil auf einen 16jährigen ein, der sein Feuerzeug gerade an einen aufgeschraubten Tank hält und es nicht fassen kann, daß die Flamme der Witterung nicht standhält. Sein Gesicht ist schon vollgeschmiert mit dem braunen Hundeblut, als er einfach zuviel kriegt und sein Messer in den Bauch des Alten rammt. Ich trinke mein Bier aus und gebe mit der leeren Flasche noch eins drauf, weil ich denke, irgendwo mußt du ja anfangen. Und prompt gewinne ich die Hand des 16jährigen, der mir Fünf gibt, sein Messer an meinem Schal abwischt und fragt, was jetzt so ansteht. Wir ziehen ein paar Blocks weiter, und ich frage ihn nach Hakan, aber er weiß auch nicht, wo er sich rumtreibt. Wir beschließen, auf einen Sprung ins »Junction« zu gehen, um Pot aufzutreiben. Der Kleine fängt an, mir auf die Nerven zu fallen, weil er den Filter nicht eingerollt bekommt, und ich verziehe mich aufs Klo, um für ein paar Minuten Luft zu holen. Während ich pisse, bekomme ich einfach zuviel von dem ganzen Lärm. Mein Kopf platzt und ich mache, daß ich rauskomme. Der Kleine hat mittlerweile den ganzen Shit zwischen den Fingern kleben und merkt überhaupt nicht, daß ich mich verdrücke. Ich torkele zurück zu Hakans Wohnung. Die Sanitäter packen gerade den Alten ein, ohne daß es ihnen gelingt, den halben Hundekörper aus seiner Hand zu kriegen. Bei so einem Wetter setzt die Totenstarre schneller ein, als die Sanitäter hier kapieren, was überhaupt los ist. Hakan macht die Tür auf. Er bürstet sich die Haare, als sei er die ganze Zeit zu Hause gewesen. Ich falle in einen Sessel und überlasse ihm die ersten Worte, während ich zum 1000. Mal seinen Rücken anstarre. Was für ein Rücken. Er hält sich seinen Hattric-Deosprayer unter die Achseln. Das sieht nicht nach einem Gespräch aus. Aus dem Schlafzimmer kommt ein Girl, das ihren Slip nicht hochkriegt, und fragt nach irgendeinem Mundwasser. Mir wird schlecht, aber ich sage nichts. Das Girl stiert mich an, grinst und verzieht sich wieder, immer noch auf der Suche nach ihrem Mundwasser.

– Was ist los?

fragt Hakan, und ich frage mich, warum er ihr nicht das Maul aufreißt und sie mit seinem Hattric-Deosprayer versorgt. Er zieht mir sein T-Shirt unterm Arsch weg. Ohne eine Antwort abzuwarten, läuft er der Schlampe hinterher, um ihr das Odol zu geben. Ich habe nicht die Kraft, dem auszuweichen, und bleibe auf dem Sessel kleben in der Hoffnung, daß irgendwer den Fernseher anstellt. Das Girl kommt zurück, hustet affektiert, mittlerweile so gut wie angezogen, stellt sich in die Tür und klappert nervös mit ihren Stöckeln.

– Und? Alles klar bei dir?

– Ja. Alles klar.

Hakan stellt den Fernseher an und wirft die Fernbedienung in meine Richtung, ohne mich dabei anzugukken. Er packt die Schlüssel und die Schlampe ein und verzieht sich. Mir fällt ein, daß ich ihm noch immer nicht gesagt habe, was los ist, fange an rumzuzappen und versuche krampfhaft, das Bild von diesem Odol-Slip zu vergessen.

TOM Ich betrete um 9 Uhr 30 das Redaktionsgebäude. Ich setze mich an meinen Schreibtisch und weiß nicht, worüber ich schreiben soll. Ich sehe die Post durch. Anette hat die Umschläge schon geöffnet. Jetzt telefoniert sie mit meinem Steuerberater. Ich falte die Papiere auseinander und bleibe an einem Brief von V hängen. Es ist der dritte in dieser Woche. Ich knülle das Papier zusammen und werfe es in den Papierkorb. Anette lächelt mir durch die Glasscheibe zu. Ich zünde mir eine Zigarette an, schalte das Radio ein und höre der Sprecherin zu, die über das Wetter und die Unfälle spricht. Ich trete den Papierkorb um, lege mich auf den Boden und falte den Zettel von V wieder auseinander:

ICH SCHEISS AUF DIE BEWEGUNGSLOSIGKEIT, UND DIE IST DAS SCHLIMMSTE, WAS PASSIEREN KANN. ES GIBT ALSO ABSOLUT KEINEN GRUND, SICH SICHER ZU FÜHLEN. WENN AUCH NUR EINER KAPIERT, DASS DEMOKRATIE DIKTATUR IST, UND WENN DIESER EINE IN DEN UNTERGRUND STEIGT, WEIL ER AUF DIE DIKTATUR SCHEISST, UND WENN DIESER UNTERGRUND AUF DEINEM WEG ZUR ARBEIT IST, IN DEINEM WOHNZIMMER, AN DEINEM ARBEITSPLATZ, AUF DEM BEIFAHRERSITZ DEINES AUTOS, IN DER SCHULE DEINER KINDER UND WENN AN EINEM ORT, WO EINER IST, IMMER AUCH NOCH EIN ZWEITER IST UND SO WEITER, WAS MACHT DICH DANN SO SICHER? V

Anette klopft gegen die Glasscheibe und deutet auf den Fernseher. Ich schalte ihn ein und sehe mir die Wiederholung der Sendung an, die ich gestern aufgenommen habe. Freundliche Leute stehen Rede und Antwort, während ich meine Kärtchen sortiere. Ich trete gegen den Fernseher und drehe mich auf den Bauch, meine Nase im Teppich. Anette ruft durch, sagt, daß ich in zehn Minuten einen Termin beim Masseur habe. Ich ziehe ein frisches Hemd an, steige in den Lift und fahre zu meinem Masseur. Mein Masseur fragt:

– Wie läuft's, Tom?

Ich sage:

– Alles klar.

– Ich habe deine Sendung gestern gesehn.

– Ja.

– War toll.

– Ich weiß.

– Ziemlich verspannt.

Ich schwitze. Ich kann den Geruch von dem Öl nicht ausstehen, und der Typ will sein Maul nicht halten:

– Ich hab bald keine Kraft mehr, weißt du, ich bin müde, verdammt müde bin ich, da schafft man das nicht mehr so einfach, wenn man schon so lange unterwegs ist. Du bist ja jung, wenn du weißt, was ich meine, aber ich glaub, ich mach das nicht mehr lange.

– Man hat immer mehr Kraft, als man glaubt.

– Ja, ja, ich hab keine Kraft mehr. Du hast gut reden.

– Noch fühlen deine Hände sich ganz gut an.

– Die Hände, ja, die Hände, aber das Herz. Das Herz will nicht mehr, wenn du verstehst, was ich meine.

Ich schließe die Augen und versuche, darüber einzuschlafen. Ich weiß, wenn ich jetzt was sage, hört der Typ nicht mehr auf zu reden. Ich denke an Anna. Wie sie zu Hause sitzt, raucht, aus dem Fenster sieht und nicht weiß, wie sie diesen Tag in den Griff bekommen soll. Felix hockt in der Schule und wird sich den Mund blutig schlagen lassen. Mein Schwächlingssohn. Und Anna wird zu müde sein, ihn abzuholen, zu müde, um irgendwas zu tun, und Felix wird sie anstarren, worauf sie die Geduld verliert und raucht, und vielleicht rutscht ihr die Hand aus, und am Abend wird sie sich nicht daran erinnern. Nur Felix erinnert sich, sagt aber nichts. Ein Feigling. Und heult sich wieder in den Schlaf mit was weiß ich für Sehnsüchten, und da draußen läuft irgendein Irrer rum und schreibt mir Briefe, und vielleicht ist der wirklich so drauf. Ich setze mich auf und schlucke ein paar Tropfen Carnigen Forte. Anette redigiert meinen Artikel, und ich weiß nicht, ob ich das geschrieben habe. Paul Mehnert ruft an und gibt mir die Einschaltquoten durch. Der Minister ruft an und bedankt sich für den fairen Gedankenaustausch. Ich knete wieder das V zwischen meinen Fingern. Ich sehe auf den Bildschirm und sehe immer noch den Text, den Anette redigiert.

Ich überlege, woher ich diese Sprache habe. Versuche, mich an einen Anfang zu erinnern. Noch vierunddreißig Tage bis zur heiligen Christnacht. Ich rufe Mehnert an und entschuldige mich für den Rest des Tages. Anette hilft mir in den Mantel. Ich gehe die Treppen runter und lasse mir den Schnee auf den Kopf fallen. Ich starre durch das Schaufenster auf die Monitore. Rabins Enkelin fängt an zu sprechen, und einem der Militärs laufen jetzt die Tränen runter. Eine Wiederholung. Endlosschleife. Ich habe keine Ahnung, was die Enkelin erzählt, aber der General findet das zum Heulen, und ich überlege, was ich Anna, was ich Felix unter den Baum legen soll.

ANNA Ich hebe den Hörer ab und höre die Stimme der Schulsekretärin. Im Sanitätsraum nähen sie gerade Felix' Oberlippe mit drei bis vier Stichen. Die Sekretärin sagt, sein Freund Button hat ihm eine aufs Maul gegeben, weil Felix ihm keine Fluppe angeboten hat. Ich wundere mich, woher Felix Zigaretten hat, sage aber nichts. Felix ist fünfzehn. Die Sekretärin sagt, daß man mit fünfzehn noch nicht rauchen soll. Ich drücke meine Zigarette auf der Telefonkonsole aus und beauftrage die Schulsekretärin, ein Taxi für Felix zu rufen. Ich will eine Dusche nehmen, falle aber aufs Bett und schlafe ein. Als ich aufwache, sitzt Felix neben mir. Ich sehe die schwarzen Fäden seine Lippe entlanglaufen, renne zum Klo und übergebe mich. Ich frage Felix nach den Hausaufgaben, woher er die Zigaretten hat, aber Felix ist schon auf seinem Zimmer. Ich schlage ein paar Eier in die Pfanne, aber ich vergesse, Fett in die Pfanne zu geben. Ich starre auf das Schwarz, atme den Rauch ein und ziehe die Pfanne wieder vom Herd. Ich nehme meinen Mantel, die Handtasche, die Wagenschlüssel und setze mein Golf Cabrio rückwärts aus der Garage. Ich fingere nach meiner Sonnenbrille und schalte in den zweiten Gang, ohne zu wissen, wo ich überhaupt hin soll. Der Schnee bleibt noch immer auf der Straße liegen. Ich bremse, und der Wagen bricht hinten aus. Ich lenke dagegen und rutsche seitlich gegen ein parkendes Fahrzeug. Ich steige aus und gehe in die Apotheke auf der anderen Straßenseite. Ich frage nach einem Telefon. Anette sagt mir, daß Tom schon gegangen ist. Ich lasse mich mit Paul verbinden. Paul beruhigt mich und verspricht, vorbeizuschauen. Ich traue mich nicht raus und bitte die Apothekerin um ein Beruhigungsmittel. Die Streife kommt, und Paul ist immer noch nicht da. Ich wühle in meiner Tasche nach den Ausweispapieren und hoffe auf die einsetzende Wirkung des Beruhigungsmittels. Ich friere. Ein Polizist lächelt mir zu und fordert mich auf, den Wagen ein paar Meter weiter in eine Parklücke zu bringen. Ich fange an zu weinen. Der Polizist ist irritiert. Gemeinsam schieben die Polizisten mein Golf Cabrio in die Parklücke, weil ich die Schlüssel nicht mehr finde. Ich brauche ein Taschentuch. Für meine Augen, meine Nase. Ich bleibe allein zurück. Ich entschließe mich, auf Paul zu warten. Es schneit noch immer. Paul fährt mich nach Hause. Paul meint, ich soll ihn mit Tom und Felix zwischen den Jahren nach Davos begleiten. Oder nach Gran Canaria. Ich kann wählen. Seine Hand zuckt nervös auf meinem Bein. Ich bedanke mich bei ihm und küsse ihn zum Abschied auf die Wangen. Rechts, links, rechts.

NICO Ich packe zwei belegte Brote und eine geschälte Karotte aus meiner Tupperdose, werfe ein 50-Pf-Stück in den Automaten, drücke auf Kakao, nehme den Becher raus und trinke einen Schluck ab, wobei ich mir die Lippen und die Zunge verbrenne. Ich balanciere den Becher zur Tupperdose, und der Kakao schwappt über eines der Brote. Es ist meine erste Pause. Museumswärter. Der beste Job, den mein Bruder Tom für mich auftreiben kann. Bravo. Das kakaogetränkte Brot zerbröselt zwischen meinen Fingern. Ein Kollege sagt:

– Hallo

und zieht sich einen Cappuccino. Ich frage:

– Kennen wir uns?

Er zuckt mit den Schultern, setzt sich neben mich und dreht sich eine Zigarette. Ich nehme meinen Stuhl und stelle ihn um die Ecke. Der Kollege verfolgt meinen Umzug und fragt mich nach Feuer. Ich fingere mit dem Becher in der Hand nach meinem Feuerzeug in der Hosentasche und verschütte den übrigen Kakao. Ich lasse den Becher fallen.

– Kennen wir uns?

Ich gebe dem Typ mein Feuerzeug und verziehe mich

hinter die Ecke. In Raum 107 halte ich das Funkgerät in der rechten Hand. Ich habe den Daumen über die Sprechtaste gelegt. Immer bereit. Gropius-Bau. Raum 107. Erdgeschoß. BERLIN–MOSKAU/MOSKAU–BERLIN. Ich bereite mich auf Raum 108 vor. Ich sitze mit dem Funkgerät auf einem Stuhl und warte. Ich will nicht, daß mich jemand anspricht. Aus Raum 108 kommt Jan auf mich zu. Jan dreht schon an seinem Adlerkopfring. Er fragt, ob alles klar ist. Ich bringe das Funkgerät vor meinen Mund und sehe auf Jans Stiefelspitzen.

– In meiner Tupperdose ist immer noch ein Brot, und das ist trocken geblieben.

– Was?

– Ich würde solche Stiefel nicht tragen. Niemals. Selbst wenn Buddy dich mögen würde.

Jan drückt seine Stiefelspitze gegen mein Schienbein. Er hat keine Ahnung, daß Buddy »Alles klar bei mir, wie läuft's bei dir?« sagen kann. Er hört nur: ». . . selbst wenn ich dich mögen würde.« Jan dreht weiter an seinem Adlerkopfring und sagt:

– Idiot.

Ich passe weiter auf die Bilder auf.

ANNA Ich erzähle Tom von Gran Canaria, von Davos. Tom sagt, daß er nicht weg will. Ich möchte nach Gran Canaria. Tom fragt, ob ich mit Paul schlafe. Meine Zigarettenasche fällt auf das weiße Ledersofa. Ich sehe durch die Fensterfront auf die weißverwehte Terrasse, die heruntergeschlagenen Bäume im Garten.

TOM Ich sitze auf dem weißen Ledersessel mit Blick auf den Kamin und zähle die Sekunden. Anna vergräbt ihr Gesicht zwischen den Händen. Dann sagt sie:

– Du machst mich krank.

– 15 Sekunden. Länger brauchst du nicht mehr, um es zu sagen.

Mein Blick auf ihren glatten, blonden, langen Haaren.

– Wir müssen reden, Anna.

– Ich kann nicht mehr.

– Wir müssen reden.

Felix springt die drei Stufen von der Küche ins Wohnzimmer herunter, einen blutigen Apfel zwischen den Zähnen. Er bemerkt mich zu spät. Dann sagt er:

– Ich geh raus.

Ich sehe ihn an, sehe die schwarzen Fäden und sage:

– Felix? Komm her.

– Ich geh zu Button.

Felix zieht sich zurück. Ich halte ihn nicht auf. Meine rechte Hand ballt sich zur Faust. Anna schließt die Augen.

FELIX Ich renne und schlittere über das Eis. Button wartet schon auf mich. Er bewundert meine schwarzen Fäden. Wir machen uns auf den Weg. Ich breche den Seitenspiegel von einem 525er BMW ab. Button sackt ihn ein und sagt, daß es ein BMW-Verbot für Türken geben muß. Wir laufen zum Mehringdamm runter. Vor uns legt sich ein Typ auf die Fresse und schlägt sich den Kopf auf dem Eis auf. Wir springen über ihn, aber ich drehe mich um und sehe das Blut aus seinem Schädel laufen. Es gefriert sofort. Button zieht mich weiter. Ich kaufe Kippen. Button zündet sich eine an. Im U-Bahnhof hängen ein paar Penner rum und saufen sich warm. Button kann Penner nicht ausstehen, aber wir lassen sie in Ruhe. Wir steigen Hermannplatz aus und laufen zur Nansenstraße, ins »Nansen-Eck«. Buttons Bruder gibt uns ein Bier aus und bringt uns dann zur Spielhalle. Sorgt dafür, daß wir reinkommen. Button tauscht Münzen ein und sucht das Spiel aus. Ich habe keine Ahnung von dem Scheiß. Ich versuche, zu rauchen und cool zu sein. Es stinkt nach kaltem Schweiß. Mir wird schlecht. Button legt meine Hand auf den Joystick. Ich starre auf den Bildschirm. Die Scheiße flimmert vor meinen Augen. Der Rauch brennt in meinen Augen. Button fragt, was los ist. Ich sehe nichts mehr. Button versetzt mir einen Schlag gegen die Schulter. Ich kippe vom Hocker und taumele gegen eine Lederjacke. Der Typ behauptet, daß ich ihm den Jackpot versaut habe. In seinen Narbenfalten wuchern Eiterpickel. Er packt mich am Hinterkopf und schlägt meine Stirn gegen die Scheibe vom Automaten. Ich habe Glück, daß er mich für ein Kind hält. Er setzt nicht seine ganze Kraft ein. Button ruft:

– He, du Pisser!

Die Narbenfresse nimmt einen tiefen Zug von seiner Marlboro und bläst den Rauch in Buttons Richtung. Ich wische mit der Hand über meine Stirn und verschmiere das Blut. Kein guter Tag. Button zerrt mich an meinem Ärmel aus dem Weg und steht jetzt zwischen mir und der Narbe, die fragt, was los ist mit uns Hosenpissern. Button fragt, ob sie ein Spiel machen sollen. Die Narbe grinst und ruft Hedi, den Idioten, der den Laden schmeißt. Hedi fragt, was los ist. Die Narbe sagt ihm, daß wir nerven, und Hedi schmeißt uns raus. Button tobt. Er zeigt Hedi den Finger. Er droht Hedi mit seinem Bruder. Hedi sagt, wir sollen unsere Windeln gefälligst woanders wechseln. Button ist stinksauer auf mich. Er rammt seine Nike Air NDESTRUKT in einen Schneehaufen und brüllt, was für ein Idiot ich bin. Ich sage, er soll cool bleiben. Button nimmt eine Zigarette von mir. Seine Finger sind blaurotgelb. Es schneit wieder, obwohl es viel zu kalt dafür ist. Und der Sturm kommt auch wieder auf. Buttons Ohren leuchten. Ich friere mich tot. Ich sage, daß wir irgendwo reingehen sollen, aber Button hat keinen Bock mehr. Er sagt, ich soll mich verziehen. Er muß die Sache mit Hedi wieder in Ordnung bringen, weil ihn sein Bruder sonst killt. Das Blut an meiner Stirn ist getrocknet. Ich habe keine Ahnung, ob ich ein Loch im Kopf habe. Das ist zuviel für einen Tag. Button verzieht sich in Richtung Nansenstraße. Der Sturm macht mich fertig. Ich weiß nicht, was ich tun soll, und kicke einen Haufen Hundescheiße vor mir her. Die Bäume krachen wieder auf die Straße. Ich bin mir sicher, daß mich einer trifft. Am Hermannplatz dealt mich ein Schwarzer an, aber er hat nur Dope. Ich fahre zur Wilhelmstraße, um ein paar E aufzutreiben. Ich will mich mit Button versöhnen. Meine Scheißstirn und mein Scheißmund bringen mich um, und zu Hause geht der Terror weiter.

LARS Hakan räumt die Wohnung auf und putzt. Er beschwert sich nicht, daß ich seit drei Tagen bei ihm abhänge. Er hat keine Ahnung, was ich hier treibe. Er hat mir seinen Brief von V gezeigt und sich halb totgelacht. Er ist so ziemlich der einzige, der nur einen Brief bekommen hat. Allmählich nimmt die Sache ziemlich viel Zeit in Anspruch. Ich habe ein paar Lieblingsopfer und beschließe, sie mir irgendwann aus der Nähe anzugucken. Hakan hat keinen Bock rauszugehen. Er läuft lieber im T-Shirt mit seinem Putzlappen durch die Wohnung, um mich mit der Ahnung von seinem Rücken verrückt zu machen. Ich klebe ein paar Umschläge zu. Hakan glaubt, ich nehme wieder an Preisausschreiben teil. Ich sage ihm, daß er mir auf die Nerven geht, was ihm scheißegal ist. Ich gehe raus auf die Straße. Die Stadt bekommt keinen Strom mehr auf ihre Lampen. Es ist vielleicht vier Uhr nachmittags, aber kein Schwanz sieht noch was. Vor mir verkeilen sich gerade wieder ca. acht Autos ineinander, und die Mutter mit ihrem Kinderwagen hat verdammtes Glück, daß sie ihn losläßt und der erste Wagen in der Reihe zwischen ihr und dem rollenden Kind durchflutscht. Ich überlege, ob ich das Wanst aufhalten soll, gucke in die Wiege, sehe das schreiende Kind und werfe meine Kippe auf seine Decke. Die Mutter schreit, weil sie nicht weiß, wie sie über die Autos kommen soll. Ein verdammt höflicher Fucker stößt mich in den Rücken und kümmert sich um das Balg. Ich rege mich nicht auf und sage ihm, daß er ein verdammt höflicher Fucker ist. Lange hält sich die Stadt nicht mehr in diesem Wetterinferno. Ich stopfe einen Briefkasten voll und rufe Jan an, ob er mir ein paar Gramm Koks verdealen kann. Wir verabreden uns im »Flammende Herzen«. Am Kottbusser Tor prügeln drei Türken auf einen vierten ein. Ich verspüre Lust auf einen Döner und gehe ins »Hasir«. Ich nehme einen Tee dazu, schreibe mir die Adresse von dem Laden auf und setze ihn auf Listenplatz 3215. Die elektrische Dönerschere schneidet über den Fleischberg, und ich frage, woher man solche Teile bekommt. Aber ich kann kein Türkisch. Ich rufe Hakan an und frage ihn, was Dönerschere auf türkisch heißt. Ich mache den Deal perfekt, und der Dönermann verspricht mir, daß ich die Dinger übermorgen abholen kann. Ich trinke meinen Tee aus und stolpere draußen über den Typen, der seine Zähne zusammensucht. Ich ziehe ihn hoch und schiebe ihn ins »Hasir« rein, in der Hoffnung, daß die drei Gewinner mich nicht sehen. Die Oranienstraße ist abgesperrt. Ein Tanklastwagen liegt quer über der Straße, und das Heizöl rutscht über das Eis. Die Bullen ziehen ein Carré mit ihren weißroten Bändern und wissen auch nicht, wie sie die Scheiße aufhalten sollen. Das Öl ist zäh, keine Chance, daß es gefriert. Ich zünde mir eine Zigarette an, stelle mich in die erste Reihe und rauche in Ruhe. Es ist mir scheißegal, daß meine Finger dabei absterben. Die Asche fällt auf die Straße, natürlich schon verglüht, wenn sie auftrifft. Aber auf die Kippe kommt es an. Entscheidend ist nicht der Fall, entscheidend ist die Landung. Auf der anderen Seite schreit ein Bulle zu mir rüber, aber ich verstehe kein Wort. Er kommt nicht zu mir, weil er keinen Bock hat, durch das Öl zu waten. Ich weiß, daß er ein Feigling ist und daß er kein Funkgerät hat. Er zieht sich zurück, läuft in die Adalbertstraße und tut so, als hätte er da was Wichtiges zu erledigen. Neben mir starren ein paar Kids auf meine Zigarette, die immer kürzer wird. Sie stecken ihre Köpfe zusammen und ziehen sich gegenseitig an den Ärmeln. Sie freuen sich auf das Feuerwerk. Ich lächele sie als Komplizen an, und sie verpissen sich. Noch 5 mm bis zum Filter. Noch 4 mm bis zur Landung.

NICO Ich beende meinen Dienst, unterschreibe beim Pförtner, klemme die Tasche mit der Holzkohle und der Tupperware unter den Arm und laufe über das Ausstellungsgelände »Topographie des Terrors« zur Buslinie 129, Richtung Hermannplatz. Zwei Frauen kriechen auf allen vieren vor mir lang und schleifen ihre Plus-Einkaufstüten hinter sich her. Der Busfahrer gähnt mich an. Ich gehe aufs Oberdeck und halte mich an meiner Tasche fest. Am Moritzplatz weigert der Busfahrer sich, weiterzufahren, und weiter vorne, in der Oranienstraße, scheint die Sonne aufzugehen, obwohl es dunkel, obwohl es Abend ist. Ein Feuerball, der hinter den Häusern aufsteigt. Die Leute wollen den Bus nicht verlassen, aber ich versuche, ohne aufzufallen, zu entkommen. Um dem Feuer nicht zu begegnen, nehme ich die U8 Richtung Leinestraße, nehme den Umweg in Kauf. Die Kohle in meinem Kachelofen glüht noch. Ich lege ein paar Briketts nach und horche an den Wänden, ob jemand mich belauscht. Ich lasse die Rollos an den Fenstern runter, damit mich niemand sieht. Ich höre den Anrufbeantworter ab, ohne Ton, nur damit ich lösche. Endlich sind wir allein.

Buddy beobachtet Fred Faser, der Betsi Baller beobachtet. Fred bemerkt Buddy nicht. Betsi hat keine Ahnung von Fred. Noch nicht. Sie sind seit Stunden unterwegs. Fred Faser überquert die Straße und nähert sich jetzt Betsi Baller. Buddy muß lächeln. Er weiß, daß Fred sich jetzt endlich ein Herz fassen wird. Buddy setzt seine Blue-Bay-Sonnenbrille auf und bleibt auf Distanz. Betsi Baller steht vor einem Schaufenster und kontrolliert ihre Frisur. »Vielleicht ist es eine Perücke«, denkt Fred Faser, und der Schweiß läuft ihm den Rücken runter. Er stellt sich neben Betsi Baller und versucht, über den Spiegel einen Augenkontakt herzustellen. Dann sagt er:

– Entschuldigung . . .

Betsi dreht sich zu ihm hin und kreischt ihn an. Buddy zuckt zusammen und denkt: »Fred wird die Sache vermasseln.« Fred Faser tritt zwei Schritte von Betsi Baller zurück und sagt dann wieder:

– Entschuldigung.

Betsi Baller geht an ihm vorbei, ohne ihn weiter zu beachten und ohne zu wissen, warum sie ihre Schritte beschleunigt, was nicht ganz einfach ist auf diesen Stökkeln. Fred Faser hetzt ihr hinterher. Er weiß, es ist seine letzte Chance. Buddy folgt den beiden.

– Entschuldigen Sie . . .

Fred hat Betsi wieder eingeholt.

– Was ist das denn?

fragt Betsi und schwenkt ihre Handtasche.

– Ich bin Detektiv.

Buddy kann die Worte von Fred Fasers Lippen ablesen. Betsi Baller schreit:

– Geh doch!

Und Fred Faser sagt:

– Das ist geheim, man darf uns hier nicht zusammen sehen.

Betsi Baller schreit. Buddy hat keine Ahnung, was Fred vorhat. Aber er ist beunruhigt, weil die beiden Aufmerksamkeit auf sich lenken. Fred Faser hat Betsi Baller nicht berührt, obwohl sie das jetzt behauptet. Fred lädt Betsi trotzdem auf einen Kaffee ein, um ihr alles erklären zu können, und Buddy glaubt das nicht, daß Betsi sich tatsächlich darauf einläßt.

Fred Faser und Betsi Baller verbrennen sich im selben Augenblick die Lippen und die Zunge an ihrer Mélange. Buddy schnippt in ihrem Rücken mit den Fingern, und Fred Faser beginnt zu sprechen:

– Psst. Ich heiße Fred. Fred Faser. Sie sind in großer Gefahr.

– Daß ich auch mitgegangen bin ... Ich kenn Sie gar nicht.

– Pssst. Ich möchte Sie beschützen.

– Fred? Was ist denn eigentlich passiert?

– Fürchten Sie sich gar nicht?

– Fred, Sie machen sich ja lächerlich.

– Sie haben wirklich keine Ahnung?

– Nicht die geringste. Das nimmt wirklich zuviel Zeit in Anspruch. Ich hatte mir mehr von Ihnen erwartet, Fred. Folgen Sie mir nicht, es hätte keinen Sinn. Leben Sie wohl, Fred.

– Betsi ... ich bitte Sie ...

Aber Betsi Baller kann Fred Faser nicht mehr hören. Fred Faser folgt Betsi Baller. Und Buddy folgt Fred Faser. Dann fielen die Menschen einen Tag lang um wie die

Fliegen. Niemand wußte, was passiert war. Nur Fred Faser. Fred Faser hatte eine Ahnung. Und Buddy. Buddy wußte alles.

– Nico?

– Buddy?

– Was ist passiert?

– Ich bin eingeschlafen, Buddy ... Ich weiß es nicht.

TOM Ich lege den Hörer auf. Anna ist im Badezimmer und zählt ihre Wunden. Felix hat sich in seinem Zimmer eingeschlossen. Nach diesem Buddy-Geschwätz mache ich mir Sorgen um Nico. Ich nehme den Wagen. Es brennt kein Licht bei ihm. Ich überlege, ob ich klingeln soll. In dieser gottverlassenen Gegend traue ich mich nicht aus dem Wagen. Ich muß an V denken:

WIR WERDEN UNS TREFFEN. V

Ich will den Wagen wieder starten, aber der Motor springt nicht an. Ich probiere es noch einmal, ohne Erfolg. Ich habe keinen Mantel dabei. Das Handy ist im Mantel. In einem Hauseingang finde ich ein öffentliches Telefon. Die Tastatur ist zertrümmert. Ich fluche. Kein Mensch ist auf der Straße. Ich schelle bei Nico. Ich schelle noch einmal, nichts passiert. Kein Taxi weit und breit. Ich muß mich für eine Richtung entscheiden und gehe zum S-Bahnhof Treptower Park, weil ich mich nicht an der Wagenburg vorbeitraue. Es ist stockdunkel. Keine Straßenbeleuchtung, auch in der Elsenstraße nicht, kein Taxi. Ich fange an zu rennen und komme mir vor wie ein Idiot. Der Schweiß friert in meinen Augenbrauen fest. Diese Gegend wurde offensichtlich evakuiert. Ich versuche, schneller zu rennen, renne über die Puschkinallee, S-Bahnhof Treptower Park. Am Eingang sehe ich zwei Schatten. Ich bleibe stehen, zünde mir eine Zigarette an, um mich zu beruhigen. Durch die Anstrengung brennt der Rauch in meinen Lungen. Die zwei Gestalten kommen auf mich zu. Wahrscheinlich Vietnamesen. Ich bewege mich auf den Eingang zu und behalte sie fest im Blick. In meinem Rücken das Geräusch von bremsenden Reifen. Noch ca. zwanzig Meter bis zum Eingang. Zwei Wagentüren werden zugeknallt. Die beiden Vietnamesen haben kehrtgemacht und laufen panisch auf den Eingang zu. Ich drehe mich um und sehe drei Vietnamesen, in ihren Händen Handfeuerwaffen. Ich weiß nicht, was ich machen soll. Die beiden Vietnamesen vor mir weichen vom Eingang zurück. Aus dem S-Bahnhof-Eingang kommen drei weitere Vietnamesen, ebenfalls bewaffnet. Die beiden Vietnamesen reißen die Arme in die Luft. Die anderen umringen sie gleichzeitig. Keiner nimmt Notiz von mir. Ich bin festgefroren und kann meinen Blick nicht von ihnen abwenden. Ich höre die seltsam singenden Töne ihrer Stimmen. Dem einen der beiden Eingekreisten wird eine Waffe an den Kopf gehalten. Ich halte mir die Ohren zu. Der Schuß. Der Vietnamese sinkt zu Boden. Zwei weitere Schüsse auf den zusammengebrochenen Körper. Eine Exekution. Dem anderen der beiden gelingt es, aus dem Kreis auszubrechen, in meine Richtung zu fliehen. Ich weiche zurück. Die anderen zielen auf seine Beine. Die ersten Schüsse verfehlen. Ein zweites Auto hält auf den Flüchtling zu. Fünf Vietnamesen, jeder einzelne bewaffnet, springen aus dem Wagen und eröffnen das Feuer auf die sich zersprengenden Angreifer. Der fliehende Vietnamese wird doch noch ins Bein getroffen. Ich versuche seitlich in ein Gebüsch abzutauchen, während die Vietnamesen sich gegenseitig massakrieren. Ein Querschläger streift meine rechte Schulter. Ich spüre einen leichten, brennenden, ziehenden Schmerz. Ich drücke meine rechte Hand auf die Wunde, und das kalte Blut rinnt durch meine Finger. Es ist jetzt still. Ich warte, aber nichts rührt sich. Ich habe das Gefühl, meinen Arm nicht mehr bewegen zu können. Ich krieche aus dem Gebüsch raus. Vor mir liegt der exekutierte Vietnamese. Die beiden Wagen sind verschwunden. Ich beuge mich zu dem Toten hinunter. Seine schmalen Augenschlitze sind erstaunlich weit geöffnet.

HAKAN Lars sitzt am Küchentisch und zieht sich eine Line rein. Ich will mich auf meine Prüfungen vorbereiten, und er geht mir auf die Nerven. Ich habe keine Ahnung, warum er überhaupt bei mir abhängt. Ich sage, er soll sich sich verpissen, weil ich meine Ruhe haben will. Er sagt:

– Okay, Herr Anwalt. Dürfte ich zuvor noch einmal Ihren Rücken sehen?

Ich weiß nicht, was er von mir will. Er leckt über den Spiegel, grinst, und ich will den Schlüssel von ihm wiederhaben. Er hört auf zu grinsen, tritt den Stuhl um, kommt auf mich zu. Ich sehe in seine roten, tränenden Augen und überlege, ob das vielleicht von dem Koks kommt. Er ballt seine Faust und schlägt Tremolo gegen meine Brust, traut sich aber nicht, wirklich zuzuschlagen. Ich rühre mich nicht, halte meine Hand auf, und Lars gibt mir den Schlüssel, ehe er sich verpißt. Ich beschließe, daß das letzte Mal war, hole meine Unterlagen in die Küche und versuche mich zu konzentrieren. Es klingelt. Ich weiß, daß er das ist, und bleibe sitzen. Er klingelt fünf Minuten lang. Nach einer Stunde das Telefon. Ich ziehe den Stecker raus. Nach einer halben Stunde wieder die Türklingel. Ich stelle mich ans Fenster und sehe Lars gegen die Haustür treten. Ich warte, bis er aufgibt, packe meinen Kram zusammen und fahre nach Dahlem. Ich gehe in die Bibliothek, reiße ein paar Seiten aus den Büchern, die ich brauche. In der Cafeteria stellen sie die Notation eines Verbrechens nach und zeichnen den Leichnam auf den Boden. Es gibt Christstollen, und mir wird übel. Ich schwänze das Repetitorium, fahre zum Training, werfe ein paar Körbe, mache ein lockeres Trainingsspiel und achte darauf, daß ich nicht zu sehr schwitze. Ich verziehe mich rechtzeitig, weil ich keinen Bock habe, mit den anderen zu duschen, und finde den ganzen Tag zum Kotzen. Ich kaufe ein paar Flaschen Bier, schlage mich vor den Fernseher und knalle mir die Birne zu.

ANETTE Seit drei Tagen kommt Tom mit seinem rechten Arm in einer Schlinge ins Büro und hat noch immer nicht erzählt, was passiert ist. Durch die Glasscheibe sehe ich, daß er sich mit Mehnert streitet, und vor mir flimmert schon wieder einer seiner Artikel, die unerträglich sind. Ich stelle mir vor, wie er mich auf seinem Schreibtisch nimmt und alle anderen durch die Glasscheibe zusehen. Mehnert verläßt Toms Büro und knallt die Tür zu. Tom sitzt auf seinem Stuhl und dreht sich. Ich habe keine Lust, das auszubaden, speichere seinen Artikel auf Diskette, stecke sie ein und rufe zu ihm durch, daß ich zum Zahnarzt muß. Er nickt nur, ohne mich anzusehen, und ich verdrehe die Augen, ohne mir albern vorzukommen. Ich stelle mir vor, ihm unter seinem Weihnachtsbaum einen zu blasen, während Anna versucht, den Truthahn zu stopfen. Zu Hause lege ich die Diskette ein, trinke einen Sherry und mache mich an die Arbeit. Toms Gesicht vor Augen und sein Entsetzen, wenn er liest, was ICH geschrieben habe.

HAKAN Ich habe seit Tagen nichts von Lars gehört. Ich weiß nicht, ob mich das freut. Mit der Post kommt ein zweiter Brief von V:

LIEBER HAKAN! WOFÜR STEHT EIN GESETZ, WAS VERBINDET DIE ORDNUNG MIT DEM GESETZ UND WAS IST DIE ORDNUNG? IST ES GOTTLOS, WENN JEDER SELBST BESTIMMT, WIE ER LEBEN WILL. WER GIBT EINEM DAS RECHT AUF SELBSTBESTIMMUNG, WENN NICHT GOTT, UND GOTT MACHT DIE GESETZE. UND JEDER IST SEIN EIGENER GOTT, UND GOTT HAT DEN URKNALL GEHÖRT. ER WEISS, WAS DAS BEDEUTET. V

Ich nehme einen Joghurt aus dem Kühlschrank und stecke den Brief an die Pinwand. Der Joghurt schimmelt. Lars ruft an und fragt, ob ich auch einen Brief von V bekommen habe. Er liest mir seinen vor und sie sind identisch. Lars sagt, daß er keine Ahnung hat, von wem die Briefe sind. Er lädt mich zum Essen ein, und ich sage:

– Nein.

Lars lacht sich halbtot und sagt:

– Um acht.

Um halb neun entschließe ich mich, doch hinzugeben. Es schneit nicht mehr. Ich hole ein paar Bier, und die Flaschen klappern in der verdammten Tüte. Vor dem »Pow-Wow« kauert das Mädel, in das ich neulich verliebt war. Ich habe ihren Namen vergessen und frage sie, was los ist. Sie liest mir den Brief von V vor und behauptet, ein Freier hat ihr Portemonnaie gestohlen. Mir ist zu kalt, um mich wirklich dafür zu interessieren, und ich sage ihr, sie soll mal wieder vorbeikommen. Am Paul-Lincke-Ufer muß ich kotzen, weil ich keine Ahnung hatte, daß sie eine Nutte ist, und nicht weiß, wie oft ich sie gevögelt habe und wie oft ich auf das Gummi verzichtet habe. Ich kotze in die Tüte auf die Flaschen und denke an die Klausur, die ich morgen schreiben muß. Ich rufe Lars an und sage, daß ich nicht mehr komme, weil ich positiv bin. Er sagt, daß das kein Problem ist, und ich vergesse meine Telefonkarte in der Zelle. In der »Ankerklause« bestelle ich vier Fernet und spucke einem indonesischen Spielzeugverkäufer ins Gesicht. Irgendein Idiot verdreht mir den Arm, und ich sage ihm, daß ich positiv bin. Er läßt trotzdem nicht los, und ich ramme ihm meinen freien Ellenbogen in die Nieren. Draußen nehme ich ein Taxi, fahre bei Lars vorbei, sehe Licht in seiner Wohnung und lasse mich nach Hause bringen. Während der Klausur gehe ich raus und suche im Telefonbuch die Adresse vom Gesundheitsamt. Ich beende die Klausur mit:

»Und jeder ist sein eigener Gott, und Gott hat den Urknall gehört. Ich brauche kein Gesetz mehr.«

Darunter setze ich die Anschrift vom Gesundheitsamt. Sie nehmen mir Blut ab, und ich wünsche mir wenigstens einen ihrer Gummihandschuhe über meinen Schwanz gestülpt. Sie geben mir eine Nummer und sieben Tage Zeit.

ANNA Der Arzt fragt mich, woher ich die blauen Flekken habe. Ich sage, daß ich die Treppe runtergefallen bin. Er sieht mich fragend an, und ich zünde mir eine Zigarette an. Er verschreibt mir Dolormin und ein paar Downer, dann sagt er, daß er mich in drei Tagen noch mal sehen will. Ich nicke, nehme das Rezept und setze meine Sonnenbrille auf. Ich gehe in die nächste Bar, die aufhat, bestelle einen doppelten Wodka und trinke auf Tom. Ich rufe Paul an und frage, ob wir uns treffen können. Ich sage ihm den Namen der Bar, und er verspricht, in einer Stunde hier zu sein. Ich nehme den zweiten Wodka, starre den Barmann an und überlege, ob ich zu alt für diesen Laden bin. Wie alt ich eigentlich bin. Der Barmann lächelt zu mir rüber. Ich schiebe mit der Hand an meiner Brille herum, nehme meine Handtasche und suche die Toilette. Ich schließe mich ein, setze mich aufs Klo und merke, daß ich gar nicht pinkeln muß. Ich starre auf die Kabinentür, an der in meiner Augenhöhe ein Zettel klebt:

WORAN DENKEN SIE IN DIESEM AUGENBLICK, UND HABEN SIE JEMALS IN IHREM LEBEN AUCH NUR FÜR EINEN AUGENBLICK WIRKLICH NACHGEDACHT? ES GIBT NICHTS, WOFÜR ES SICH FÜR SIE NOCH LOHNT. V

Ich bekomme einen hysterischen Lachkrampf. Ich öffne die Kabinentür und kann nicht aufhören zu lachen. Eine junge Frau wirft mir über den Spiegel vorwurfsvolle Blicke zu, und wieder frage ich mich, wie alt ich eigentlich bin. Ich ziehe den Lippenstift nach, wage aber nicht, die Brille abzunehmen. Zusammen mit der jungen Frau verlasse ich die Toilette und bedeute dem Barmann einen dritten Wodka. Er läßt es sich nicht nehmen, ihn mir selbst zu bringen, mir Feuer zu geben.

Ich bedanke mich mit einem kurzen Blick. Er lächelt, aber es gelingt mir nicht, zurückzulächeln. Ich frage ihn, wie alt er mich schätzt, und er sagt:

– Zu schön, um sich hinter einer Brille zu verstecken.

Jetzt lächele ich. Er fragt:

– Haben Sie noch einen Wunsch?

Natürlich verneine ich, mit einer leichten Kopfbewegung. Ich beobachte seinen Gang zurück zur Bar, seinen Hintern, umklammere mein Glas und bin mir sicher, daß dieser Gang für mich ist. Ein besonderer Gang, der einstudiert ist. Paul betritt die Bar bei meinem fünften Wodka. Ich versuche, nicht zu zittern. Rechts, links, rechts, dann auf den Mund. Ich schiele zum Barmann, der alles sieht. Paul bestellt Perrier. Ich weiß nicht, wofür ich mich schäme.

PAUL Annas rechter Ärmel rutscht hoch, und ich sehe ihr blaurotes Handgelenk. Als sei es in einen Schraubstock geraten. Ich frage nicht danach, nehme ihre Hand und versuche, die Situation als normal zu betrachten. Sie kann mir selbst mit ihrer Sonnenbrille nicht in die Augen sehen und blickt immer wieder ausweichend zur Bar. Ich erzähle ihr belanglose Geschichten, und sie erweist mir den Gefallen, wenigstens zu lächeln, wenn ich eine Pointe setze. Ich würde gerne ihre Brüste berühren, sie auf meinen Schoß setzen. Sie sagt, sie muß jetzt gehen. Ich verstehe sie nicht, bezahle die Rechnung und hole Anna auf der Straße ein. Ich will, daß sie jetzt mit mir nach Hause kommt, aber sie lehnt ab. Ich sage:

– Anna.

Und sie sagt:

– Laß mich.

Ich fahre zurück in die Redaktion. Auf einer Kreuzung staut sich der Verkehr. Ein Kranführer versucht, die ineinander verkeilten Autos auseinanderzubringen. Ich bin eingeklemmt, komme nicht vor und nicht zurück. Ich denke an die Sendung am Abend und mache mir Sorgen um Tom. Ich werde möglicherweise Alternativen in Betracht ziehen müssen. Ein Asylant klopft gegen meine Scheibe und will mir eine Zeitung verkaufen. Er hat keine Ahnung, wer ich bin. Ich lasse den Wagen einfach stehen, gehe ein paar Schritte und winke mir ein Taxi. Ich fahre bei Anna vorbei, aber sie ist noch nicht da. Felix guckt durch den Türspalt und macht keine Anstalten, mich hineinzubitten. Ich stemme meinen Fuß in den Türspalt. Er schlägt die Tür zu. Meine italienischen Ledersohlen fangen den Schlag nicht ab, und ich schreie auf. Ich drohe Felix, und er ruft:

– Verpiß dich.

Ich klopfe kurz gegen die Tür, dann besinne ich mich und überprüfe, ob mich jemand außer dem Taxifahrer beobachtet. Ich habe einen Termin mit Vertretern des Forschungsprojektes, das in meiner Industrieanlage NOVA entwickelt wird. NOVA. Mein Werk. Unübertroffen. Man weiß das zu schätzen. So stelle ich Abhängigkeit her. Ich beschließe, Anna bei Tom rauszuholen.

ANNA Ich gehe zurück in die Bar, setze mich auf einen Hocker an der Theke, nehme die Sonnenbrille ab und sehe den Barmann an. Er grinst und hält eine Wodkaflasche hoch. Ich nicke, und er schenkt uns ein. Wir stoßen an, und er fährt mit der Zunge über seine feuchten Lippen. Ich zünde mir eine Zigarette an und blase den Rauch in seine Richtung. Er geht zu der jungen Frau aus der Toilette, flüstert ihr etwas ins Ohr, nimmt seine knöchellange Schürze ab, geht in die Küche und kommt mit einer Bomber-Jacke, wie Felix sie trägt, wieder raus. Er setzt sich neben mich, wir nehmen einen Wodka, dann sagt er:

– Gehen wir.

Ich setze meine Sonnenbrille wieder auf und lasse mich von ihm hinausführen.

LARS Hakan hat sich in seiner Bude verschanzt, und ich habe keine Ahnung, wen er gerade vögelt. Wer sich in seinem Rücken verkrallen darf. Ich werfe eine Stinkbombe in seinen Briefkasten und mache mich auf den

Weg, um endlich die Dönerscheren abzuholen. Der Typ macht mir einen fairen Preis und gibt mir einen Tee aus. Mein bester Freund ist mittlerweile das Telefonbuch, was mich nicht daran hindert, mich um ein paar Adressen besonders zu bemühen. Ich stecke die Umschläge in einen Briefkasten und fahre zum Gropius-Bau, um Jan zu treffen. Ein Türke und eine Schwuchtel regeln den Einlaß. Vor mir wird gerade Roman Herzog von seinen Bodyguards nach oben geschleust. Ich scheiße auf die Dönerscheren, weil sie keinen Akku haben und ich sie nicht an ihm ausprobieren kann. Ich frage eine fette Aufsichtsfrau, wo Jan ist. Sie packt mich am Kragen, stiert mich mit irren Augen an und brüllt:

– Ich bin nicht immer so dick gewesen, glaub ja nicht, daß ich immer so dick gewesen bin. Früher war ich schön und schlank. Früher habe ich in einer Volkstanzgruppe getanzt. Erzähl das deinem Freund.

Ich trete ihr auf den Fuß, um mich zu befreien, und sie schreit mir noch immer hinterher, daß sie nicht immer so fett gewesen ist, und ich höre noch irgendwas von Schilddrüsen und sehe zu, daß ich ins 1. OG komme. Jan sitzt auf einer sogenannten Ruheinsel und läßt sich aus dem Lautsprecher über ihm von Prokofjews »Romeo und Julia« berieseln. Ich setze mich neben ihn und frage, wie's läuft. Er gibt mir Fünf und sagt:

– Geil.

Ich erzähle ihm von Roman Herzog, aber er hat keine Ahnung, wer das ist. Ich setze Jan auf meine Liste, direkt hinter Roman Herzog. Aus dem Nebenraum kommt ein anderer Aufsichtstyp mit einem Funkgerät auf uns zu. Als er mich sieht, bleibt er stehen und hält die Funkscheiße vor seinen Mund. Jan sagt:

– Verpiß dich, Nico.

Nico sagt:

– Es ist voll.

Und ich frage, wer voll ist, und Nico sagt:

– Rotieren.

Jan zeigt ihm den Finger, bleibt sitzen und sagt:

– Ich hab gesagt, du sollst dich verpissen, falls du weißt, was ich meine.

Nico rührt sich nicht vom Fleck, glotzt mich an, die Funke immer noch vor seiner Fresse. Dann fragt er mich:

– Was hast du hier zu suchen, Fred?

Ich gucke zu Jan, der die Augen verdreht, und zucke mit den Schultern. Nico fragt mich, wo Betsi ist, was mit dem Stoff los ist, und der Typ fängt an, mir auf die Nerven zu gehen.

NICO Buddy weiß sofort, daß er einen Fehler gemacht hat, obwohl Buddy keine Fehler macht. Fred Faser hat ihn überrascht, obwohl man Buddy nicht überraschen kann. Fred Faser ist vielleicht näher dran, als Buddy glaubte. Doch Buddy kalkuliert den Zufall ein. Er denkt: »Es ist möglich, daß es ein Zufall war.« Aber Buddy hat sich zu erkennen gegeben. Fred wird sich fragen, woher Buddy seinen Namen kennt. Buddy zieht sich gekonnt zurück. Er hatte sich schon vorher versichert, daß alles an seinem Platz ist. »Fred Faser kann es nicht wissen«, denkt Buddy und bestätigt den Zufall.

TOM Ich sitze im Studio der Maske und bestehe darauf, meinen Arm sichtbar in der Schlinge zu lassen. Hinter mir steht Mehnert und spielt mit seiner Vulkanrolex. Ich sage ihm, daß er mir auf die Nerven geht. Er fragt, warum ich ihm das Skript für die Sendung nicht vorgelegt habe. Ich sage, er soll sich beruhigen und einen Cognac trinken. Wir nehmen jeder zwei, der Maskenbildner pudert mich ein letztes Mal ein. Ich kann den Geruch nicht ausstehen. Ich habe vergessen, mit wem ich es heute abend überhaupt zu tun habe, und suche nach meinen Kärtchen, die ich nicht finden kann. Mehnert verläßt die Maske, und ich trinke einen dritten und vierten Cognac. Ich scheiße auf die Kärtchen, weil mich sowieso etwas ganz anderes interessiert, und es ist mir egal, mit wem ich darüber spreche. Das wird eine besondere Show. Mehnert wird es nicht verhindern.

FELIX Ich schalte die Glotze ein und sehe die Fresse von meinem Vater. Ich will weiterzappen, aber Button besteht darauf, die Scheiße anzugucken. Anna hat sich heute noch nicht blicken lassen, und ich überlege, ob ich mir Sorgen machen soll. Button kichert sich halbtot, weil er meinen Alten in der Glotze sieht, und kippt sich das Bier rein. Ich bleibe cool und laß ihn machen, weil ich froh bin, daß er nicht mehr sauer ist, obwohl ich ihm das E noch nicht gezeigt habe. Tom erzählt irgendeinen Mist von Sicherheit, noch ehe er seine Gäste begrüßt. Ein Girl läuft geduckt durchs Bild und steckt ihm seine Kärtchen zu. Button verschüttet sein Bier auf das weiße Ledersofa, weil er angeblich auch das Girl kennt. Ich konzentriere mich mittlerweile auf den Bildschirm, weil ich glaube, daß Tom allmählich durchdreht. Er labert irgendwas von der Unterwanderung der Staatssicherheit und fragt einen sonderbeauftragten Schnauzbart, ob nicht die Demokratie den subversiven Elementen der Gesellschaft letztlich zu viele Freiräume gewährt. Der Sonderbeauftragte sagt, daß ihn das mit der Staatssicherheit jetzt ein wenig irritiert, aber das eigentliche Problem ja die Kälte und der Sturm sind, mit denen man in diesem Ausmaß noch nicht zu tun hatte, und daß es einfach zu wenig Personal gibt, um die angerichteten Schäden jeweils vor Tagesanbruch zu beseitigen. Alles in allem ist er der Überzeugung, alles unter Kontrolle zu haben, und ein Meteorologe stimmt ihm zu. Die Band spielt einen Tusch. Tom räkelt sich in seinem Sessel, dreht seine Fratze in die Kamera und fragt sich, wie man von Kontrolle sprechen kann, wenn bereits ganze Stadtteile evakuiert werden müssen, nur damit ein paar Scheinasylanten sich gegenseitig massakrieren können, und ob das vielleicht eine neue Methode ist, dem Asylantenproblem entgegenzuwirken. Das Publikum beklatscht das gelungene Bild. Button öffnet die Erdnußdose. Toms Gäste sind wieder irritiert, und eine Krankenschwester, die wöchentlich Blut spendet, sagt, daß Tom offensichtlich das Thema verfehlt. Tom erwidert, daß Themen sich zwangsläufig aufdrängen und er reden kann, worüber er will. Eine Schauspielerin behauptet, daß die Menschen wieder mehr an ihre Menschlichkeit glauben müssen. In der Szene, wo sie nach ihrer Vergewaltigung beruhigend auf den Vergewaltiger einwirkt, weil der selber ganz verwirrt ist und sogar weint, und es ihr schließlich gelingt, ihn wirklich zu trösten, um ihn dann zu überreden, gemeinsam mit ihr nach einer Lösung ihres Problems zu suchen, habe sie deutlich gemacht, wie wichtig das Miteinander ist. Tom meint, daß das wirklich toll ist, wie sie so offen über ihre Gefühle spricht, und überredet die Zuschauer, auch nach der Werbung wieder mit dabeizusein. Button langweilt sich inzwischen, weil das Girl, das er zu kennen glaubt, nicht mehr zu sehen ist. Ich stelle auf Video um, und wir ziehen uns »Natural Born Killers« rein.

LARS Der Name des Moderators wird eingeblendet. Ich frage mich, welches Arschloch mir zuvorgekommen ist und seinen Arm in eine Schlinge gebracht hat. Sein

Geschwätz von der Sicherheit geht mir auf die Nerven, und ich stelle mir vor, wie ich ihn mit der Dönerschere bearbeite, während er die Briefe von V deklamiert. Ich fülle Benzin in eine Flasche, verstopfe sie mit einem Küchenhandtuch, das sich voll Benzin saugt, und berausche mich an dem Geruch.

HAKAN Ich sitze am Küchentisch und schneide mit einem Obstmesser in die Kuppe von meinem linken Zeigefinger. Das Blut quillt raus, und ich frage mich, ob die Scheiße wirklich darin rumschwirrt. Nummer 1359, und ich weiß nicht, ob ich das noch bis zum Testergebnis aushalte.

NICO Betsi Baller steckt in einem geschlitzten, enganliegenden Schwarzen, und Fred Faser nimmt ihr den Pelz ab. Buddy beobachtet das aus den Augenwinkeln von den Tresen im »Club der Präsidenten« aus. Buddy hat alles im Griff. Fred Faser bestellt Betsi Baller einen Gin Tonic, und Betsi Baller starrt auf die Diaprojektionen über dem Eingang. Eine Lady fragt Buddy nach Feuer. Buddy zuckt mit dem Mundwinkel, zieht die rechte Augenbraue hoch und hält ihr mit einer souveränen Geste das Licht entgegen. Die perfekte Tarnung. Betsi Baller schreit Fred Faser an, daß sie immer noch nicht weiß, was eigentlich los ist, und daß sie seine Gegenwart allmählich nicht mehr erträgt. Buddy schärft seine Sensoren, um jedes Wort zu verstehen. In seinem Hirn vermischen sich die Informationen mit dem Gesäusel seiner Ladytarnung. Buddy verspürt ein leichtes Ziehen in seiner rechten Kniescheibe. Er wittert die Gefahr. Aus den Kellerräumen tauchen THE RAVEMAN und MISS MEGATRANCE auf. THE RAVEMAN und MISS MEGATRANCE plazieren sich rechts und links von Fred Faser und Betsi Baller. Buddy muß seinen Blick um den Barmann lenken, der das Eis für den Caipirinha seiner Ladytarnung zerschlägt. MISS MEGATRANCE und THE RAVEMAN sind nicht die, die Buddy erwartet hat. Eine unbekannte Variable. Buddy muß seinen Plan vergessen und improvisieren. Aber Buddy ist ein Meister der Improvisation. Buddy tastet nach seiner Beretta. MISS MEGATRANCE bläst den Rauch ihrer Zigarette in Fred Fasers Augen, während THE RAVEMAN Betsi Baller einen zweiten Gin Tonic bestellt. Der DJ zieht die Regler hoch und versenkt die Worte, die THE RAVEMAN an Betsi Baller richtet, im »Ambient«. Buddy kann THE RAVEMANS Lippen nicht sehen, und ein Anflug von Schweiß bildet sich auf seiner Stirn. MISS MEGATRANCE entfernt die Kippe aus ihrer goldenen Zigarettenspitze und streift Fred Fasers Hand. THE RAVEMAN dreht seine Zunge in Betsi Ballers Ohr. Buddys Ladytarnung verschüttet ihren Caipirinha und wischt mit ihrem Taschentuch über Buddys Revers. Buddy greift nach ihrem Handgelenk, stößt sie zurück, doch sie hält sich an ihm fest und kippt von ihrem Hocker. Buddy hilft ihr hoch, weil Buddy ein Gentleman ist. Er trocknet ihre Tränen, während MISS MEGATRANCE und THE RAVEMAN mit Betsi Baller und Fred Faser den »Club der Präsidenten« verlassen. Buddy hinterlegt einen Blauen im Ausschnitt seiner Ladytarnung und folgt ungehindert dem Quartett. Sie fahren Richtung Prenzlauer Berg. Von den Bürgersteigen werden die letzten Leichen aufgesammelt. Dann biegen sie in die Sredzkistraße ein und verschwinden in einem Hinterhof. Buddy bleibt in seinem Ford Mustang sitzen, zündet sich eine Zigarette an und denkt nach. Er kennt diesen Ort. Buddy lächelt. »Hier werden sie Betsi Baller bestimmt nicht finden.« Er setzt seinen Ford Mustang wieder in Bewegung und beschließt, noch ein wenig die Gegend abzufahren, ehe er sich ein paar Stunden Schlaf gönnt.

Kurz nachdem ich endlich eingeschlafen bin, klingelt das Telefon. Weil ich den Stecker nicht rausgezogen habe. Ich nehme den Hörer ab, traue mich aber nicht, meinen Namen zu sagen.

– Nico? Was ist, bist du dran? Mußt du nicht arbeiten?

– Ich bin's. Nico.

– Ich mache mir Sorgen, verstehst du? Hast du das verstanden? Seit Tagen bist du in dieser gottverdammten Gegend nicht zu erreichen. Was ist los mit dir?

– Bist du es, Tom?

– Was ist los mit dir, Nico, natürlich bin ich es. Ich mache mir Sorgen. Hast du meine Sendung gestern nicht gesehen?

– Ich war aus.

– Warum gehst du aus, wenn meine Sendung läuft? Was ist los mit dir?

– Ich muß jetzt auflegen.

– Nico?

– Danke für deinen Anruf, Tom.

– Verdammt noch mal, Nico, ich rede mit dir. Warum siehst du dir meine Sendung nicht an, warum meldest du dich nicht? Habe ich dir nicht gesagt, daß du dich melden sollst?

– Ich habe's vergessen, Tom.

– Hör zu, Nico, hörst du mich?

– Ich muß jetzt auflegen.

– Ich will, daß du Heiligabend zu uns kommst, hörst du?

– Wann ist das?

– Nico, Heiligabend, heilige Christnacht. Ich möchte,

daß du zu uns kommst, und Anna auch. Anna möchte das auch.

– Gut, ich komme. Sag mir, wann das ist.

– Verdammt, Nico, ich muß jetzt auflegen. Ruf mich an, bitte Nico, versprich, daß du mich anrufst.

– Ich ruf dich an, Tom.

– Reiß dich zusammen, Nico. Ich will mir keine Sorgen machen.

– Mach dir keine Sorgen, Tom.

Ich muß mich beeilen, weil ich ins Museum muß. Ich muß ins Museum, weil ich dort arbeite. Ich passe auf die Bilder auf, im Museum. Irgend etwas stimmt nicht mit dem Museum. Ich mache mir ein paar belegte Brote, schneide mir in den Finger und merke, daß ich viel zu spät dran bin. Das ist nicht gut für mich.

TOM Anna bringt es fertig, mir ein Frühstück zu servieren. Sie sitzt neben mir, trinkt Kaffee und raucht. Ich sage ihr, daß Nico Weihnachten kommt. Sie fragt mich, was mit Gran Canaria ist. Ich fahre ins Büro. Ich nehme eine Zeitung und suche die TV- Kritik. Ich blättere in den Lokalnachrichten, um etwas über das Massaker zu erfahren, ohne Erfolg. In der Nähe von Nico, bei der Wagenburg in der Lohmühlenstraße, wurde ein Auto in die Luft gesprengt. Anette bringt mir die Post. Mehnert ruft an und will mich sehen. Anette verschiebt den Termin beim Masseur. Ich öffne einen Brief, und Anette gibt mir aus dem Internet die ersten Reaktionen auf meine Sendung auf den Bildschirm. Ich falte das Papier auseinander und schlage mit dem Knie gegen die Tischkante:

EINE GEWALTTAT IST IMMER AUCH EIN UNFALL. DIE FRAGE IST, WARUM DIE GEWALTTAT IMMER AUF DEN EINZELNEN BEZOGEN WIRD ODER AUCH EINE

GRUPPIERUNG, DIE SICH VON DER MEHRHEIT UNTERSCHEIDET DURCH EBENDIESE GEWALTTAT. DENN DIESE GESELLSCHAFT IST NICHT GEWALTTÄTIG. DIE MENSCHEN HABEN GELERNT, DIE ROLLE DES OPFERS ZU ÜBERNEHMEN, UND AUF DER SUCHE NACH DEN TÄTERN ERMITTELN SIE DIE MINDERHEITEN. UND WIRD DIE MINDERHEIT OPFER EINES UNFALLS, SO HAT SIE IHN NATÜRLICH SELBST VERURSACHT. DIE VERANTWORTLICHKEIT EINES »ANDERSARTIGEN« IST SEHR VIEL HÖHER ANGESETZT ALS DIE DER MEHRHEIT. WENN ALSO EIN AUTO IN DIE LUFT FLIEGT, HAT EIN EINZELNER DIESEN UNFALL VERURSACHT, UND STELLEN WIR UNS ALSO VOR, HINTER EINEM UNFALL STECKT EIN PLAN, EIN VORHABEN. DER UNFALL AN SICH WIRD KALKULIERBAR. WENN ALSO DIE BREMSE AN DEINEM AUTO VERSAGT ODER DAS AUTO IN DIE LUFT FLIEGT, KÖNNTE ES SEIN, DASS DEIN MANDAT DER MEHRHEIT VERLORENGEHT, ES SEI DENN, ES FLIEGT AN MEHREREN STELLEN GLEICHZEITIG EINE UNGEHEUER GROSSE ANZAHL VON AUTOS IN DIE LUFT, WAS DICH JA NICHT ZU INTERESSIEREN HAT, WEIL DU DIE OPFERROLLE LETZTLICH NUR FÜR DICH ALLEIN ZU SPIELEN GEDENKST. ALLES IN ALLEM HEISST DAS EINFACH: SEI VORSICHTIG! MAN WEISS NIE, WANN ES PASSIERT. V

Ich sehe mir das Foto von dem Autowrack aus den Lokalnachrichten an und weigere mich, einen Zusammenhang herzustellen. Ich schneide den Artikel aus und lege ihn zu dem Brief, den ich in meine Manteltasche stecke.

ANETTE Tom liest den von mir »bearbeiteten« Artikel durch und macht mich auf einen Kommafehler aufmerksam. Ich spiele ihm Beschämung vor, was ihm egal ist.

Dann sagt er, daß der Artikel in seiner Erinnerung länger gewesen war. Ich sage, daß er sich täuscht, und er segnet den Text ab. Ich freue mich, meinen ersten Artikel, wenn auch unter Pseudonym, im Magazin veröffentlichen zu können. Ich bringe Tom einen Kaffee, will seinen Schwanz berühren und frage mich, wann er sein Gehirn verloren hat. Er fordert mich auf, seine Krawatte zu richten. Ich wünsche mir seine Hände unter meinen Rock, seine Lippen zwischen meinen Zähne. Ich sage, daß es in Ordnung ist. Er nickt und macht sich auf den Weg zu Mehnert. Ich greife in seine Manteltasche und ziehe den Brief heraus. Ich falte das Papier auseinander, lese den Brief, hole einen Umschlag aus meiner Handtasche und vergleiche die Texte, sie sind identisch. Ich überfliege den ausgeschnittenen Artikel und überzeuge mich von Toms Paranoia. Ich entschließe mich, ihn zu fragen, was er zwischen den Jahren macht.

PAUL Ich lasse Tom einige Minuten warten, bevor ich ihn reinbitte. Dann frage ich ihn, was der Unsinn mit der Evakuierung sollte, warum er eigenmächtig das Konzept der Sendung verändert. Er fragt mich nach den Einschaltquoten, die nicht gegen ihn sprechen. Tom sagt, daß die nächste Sendung über seinen Erfolg entscheiden wird, und ich sage ihm, daß es keine nächste Sendung für ihn geben wird. Er meint, daß ich ein schlechter Spieler bin. Ich sehe noch mal auf die Einschaltquoten und sage ihm, daß das ein Scherz war, daß ein Imagewechsel möglicherweise eine gute Idee ist. Er weiß, daß ich nicht auf ihn verzichten will, und grinst. Er sagt, daß Anna zwischen den Jahren nach Gran Canaria möchte und er keine Lust hat, mitzukommen. Er fragt, ob ich die Flüge buchen kann. Ich will wissen, ob Felix auch mitkommt. Er verneint. Ich sage ihm, daß er solange die Geschäfte führen soll. Ich bitte ihn, zu gehen. Er klopft mir auf die Schulter. Sobald er draußen ist, überlege ich, wie ich die Sendung möglichst spektakulär kippen kann.

2

24. 12. 1999–1. 1. 2000

LARS Ich hasse diesen Tag. Den Jesustag. Die Gasexplosion einen Block weiter gleicht einem Erdbeben. Das Eis im Kanal reißt auf. Das ganze Haus ist eine Fackel, und es sieht nicht so aus, als würde da noch einer rauskommen. Die Kids auf ihren Schlittschuhen werden von der berstenden Eisfläche überrascht. Eine rote Wollmütze bricht durch, und die anderen versuchen sich als Eisfischer. Die ganze Straße gerät in Wallung und spielt sich als Retter auf. Ich zünde mir eine Zigarette an, genieße das Live-Spektakel und versuche, einen Plan für diesen verschissenen Tag zu machen. Die Post ist schon erledigt. Ich überlege, ob es Sinn macht, Struktur in die Aufrufe zu bringen. Eine Art Fortsetzungsgeschichte. Ich erkläre mich für verrückt. Die Worte haben keinen Wert mehr für mich. Es gibt keinen Grund, die Sache zu organisieren. Es ist ein Selbstläufer. Ich bin ein Selbstläufer. Ein großangelegter Fake, für den es keine Spielregeln gibt. Ich schreibe einen neuen Aufruf, den ich Hakan unter seinen Baum legen werde. Ich bringe mich allmählich in Stimmung. Die Feuerwehr synchronisiert ihre Rettungstaten mit meiner Musik. Ich entdecke einen Sprung in meinem Fenster, der da nicht hingehört. Ich verstehe das als Warnung. Ich werde jeden warnen, der mir über den Weg läuft. Ein paar verkohlte Leichen werden aus dem Haus getragen, das ganz langsam in sich zusammenfällt. Zeitlupe. Die rote Wollmütze kommt nicht mehr an Land. Das Eis hat schon wieder jede Spur von ihr verwischt. Die Rettungskids stehen heulend am Lincke-Ufer rum und haben sich Weihnachten wahrscheinlich irgendwie anders vorgestellt. Jesus wird geboren, und hier krepieren die Leute. Alles ganz normal. Ich lasse mir ein Bad ein, köpfe eine Flasche Schampus, stelle das Telefon neben die Wanne und steige ins Wasser. Ich wähle die Nummer des BVG-Kundendienstes. Ich teile ihnen mit, daß möglicherweise an den Schienen S-Bahnhof Wannsee ein Bombenpaket klebt. Ich stoße mit dem Hörer an und lege auf. Mich fasziniert die Idee einer Schienenbombe. Ich stelle mir die Gleisarbeiter und Sprengstoffexperten in ihren leuchtenden Anzügen vor, wie sie Zentimeter für Zentimeter mit ihren Geigerzählern abtasten, bevor sie enttäuscht nach Hause zu ihren Wunderkerzen abwandern. Es wird Zeit, ein paar Kameras zu installieren, um Erinnerungsmaterial anzusammeln. Ich will mich nicht erinnern. Woran soll ich mich erinnern.

DAS EINZIGE, WAS BESTAND HAT, IST DER VERLUST. VERLUST VERBUNDEN MIT DER AUSLASSUNG. VERLUST UND AUSLASSUNG. VERLUST/AUSLASSUNG/ZEIT. DIE WESENTLICHEN KONSTANTEN. DIE BESTIMMER. CHEERS. ICH KREIERE DEN VERLUST DURCH REDUZIERUNG DER AUSLASSUNG. ICH HABE ALLE ZEIT DER WELT, UND DIESE WELT SOLL PLATZEN.

Ich rufe Hakan an und frage, was so läuft. Er wirkt aufgekratzt. Ich wundere mich, daß er mich nicht wieder auslädt. Ich ziehe den Stöpsel aus dem Ausguß, spüle den Schaum ab, balsamiere mich ein und ziehe den Smoking aus dem Schrank raus. Das Feuer hat es schwer gegen die Kälte, so daß lediglich der Dachstuhl des angrenzenden Hauses abbrennt. Ich binde eine Schleife um den Brief und male einen Engel auf den Umschlag. Das andere Geschenk für Hakan ist schon eingepackt. Ich weigere mich, daran zu denken, was drin ist. Mich überkommt ein leichter Brechreiz, weil ich diesen Weihnachtsmist mitspiele. Hakan ist es wert, daß man um ihn spielt. Vor allem sein Rücken. Ich ziehe mir eine Line rein, kippe den restlichen Schampus und mache mich auf den Weg. Ich laufe Richtung Südstern und zähle die Lichterketten hinter den Scheiben. Jedes Licht ein brennender Matrose. Die Schneemassen auf den Bürgersteigen mutieren zu Eisbergen. Ich knutsche Jan einen Fleck. Er dreht seinen Adlerkopfring in mein Herz. Die Hunde lecken das Streusalz auf und kotzen sich die Lunge aus dem Hals. Sternklarer Himmel. Dazwischen ein Mond, der sich totlacht. Die Milchstraße feiert ein ganz anderes Fest. Da hat Gottes gefickter Sohn nichts verloren. Der Erzeuger vom Jesuskind war in Wirklichkeit ein römischer Hauptmann. Jesus ist also lediglich Halbjude. Die Sterne wissen das, und wir wissen das auch. Die Meister der Verdrängung. An deiner Himmelspforte verlier ich meine Unschuld. Ein Komet ist unterwegs in Richtung Erde. Ich berechne Einschlagszeit und Ort. Mein Koordinatensystem ist fehlerfrei. Ein Krankenwagen mit Blaulicht und Sirene schneidet mir den Weg ab. Sie weigern sich, mich mitzunehmen. Der Komet stürzt auf das Urbankrankenhaus. Ich nähere mich der Bergmannstraße und versuche, das Blut in meinen Kopf zurückzupumpen. Aus dem »Austria« kommen Zitherklänge. Das Personal stimmt »Stille Nacht, heilige Nacht« an. Ein heidnisches Fest, und alle Christenärsche sind voll dabei. Ich setze das »Austria« auf meine Liste. Ich laufe hoch zum Chamissoplatz, noch ein paar Meter bis zu Hakan. Ich verspüre wieder Lust auf türkische Früchte und beschließe, den Rest zu vergessen. Im Hauseingang simulieren ein paar Wichser Sylvester und binden Knallfrösche an den Schwanz ihrer Katze. Ein kleiner, irdischer Komet. Hakan macht mir die Tür auf. Er hat so ziemlich dasselbe an wie ich. Er küßt mich auf den Mund. Ich bekomme einen Vorgeschmack von der festlichen Stimmung und bereue, nicht mehr Koks eingefahren zu haben. Hakan hat einen Baum vor den Fernseher gestellt. Ungefähr dreißig Kugeln, blaumetallic, silbernes Lametta, weißes Engelshaar und siebenhundert blaue Kerzen. Ich fasse es nicht und sage:

– Wow.

– Ich hole den Schampus.

Ich fürchte immer noch, daß ich nicht der einzige auf der Gästeliste bin. Irgend etwas stimmt hier nicht. Ein anderer Geruch als sonst. Ein anderer Hakan.

– Was ist los mit dir, Hakan? Bist du auf Speed?

– So was ähnliches.

– So was ähnliches?

– Ja, genau.

Er klappt den Ofen auf und übergießt den Truthahn mit dem Saft, der aus ihm rausläuft. Ich frage ihn nach dem Titel von dem Film, in dem wir hier sind. Er erzählt mir was von Karamelkartoffeln. Die Long Fin Killies singen von den Köpfen der toten Surfer. Ich gehe ins Bad, um meine Nase aufzufüllen. Ich bin mir sicher, daß das ein Fehler ist. Ich sehe meine Fratze im Spiegel und schneide Grimassen. Ich frage mich, ob ich das bin. Ob Hakan irgendwann, irgendwas kapiert.

– Lars!

– Fick dich.

– Lars?

– Ich komme.

Es ist noch immer keiner außer mir da. Ich zähle die Sekunden, bis das Wunder explodiert. Hakan faltet die Servietten. Zwei Stück. Das Wunder explodiert. Ich öffne eine Flasche Chardonnay, gieße ein und biete Hakan das Du an. Er nimmt mich nicht mehr wahr, weil er einen Kampf mit der Pute und der Geflügelschere austrägt. Ich habe mich um die Karamelkartoffeln und die Keniabohnen zu kümmern, schütte vorsichtshalber noch ein Glas Wein nach und versage trotzdem. Zumindest bilde ich mir das ein. Ich frage Hakan, ob es ihn aufgegeilt hat, seine Faust durch die Öffnung der Pute zu bringen, um seine Füllung loszuwerden. Er grinst mich an und prostet mir zu. Ich bin mir absolut sicher, daß hier irgendwas nicht stimmt. Ich sage ihm, daß ich wahrscheinlich aufhöre, ihn zu lieben. Er sagt:

– Gut.

Ich mache ihn darauf aufmerksam, daß ich lediglich »wahrscheinlich« sagte. Er tupft sich mit der Serviette seinen Mund ab und fragt mich, ob es mir geschmeckt hat. Ich habe noch überhaupt nicht angefangen zu essen. Glaube ich jedenfalls. Er zündet sich eine Zigarre an. Mir wird schlecht. Er grinst noch immer. Ich habe das Spiel jetzt schon verloren, versuche aber, mich auf den Beinen zu halten, um wenigstens meine Außenseiterchance zu wahren. Ich sage ihm, daß das wirklich ein verdammt schönes Fest ist. Er zündet die Kerzen am Baum an.

– Jedes Licht ein brennender Matrose.

Er registriert mich nicht. Er ist auf seinem eigenen Trip. Ich verzichte darauf, den Brief zu deponieren, und stelle den Fernseher an. Hakan brüllt:

– Wichser!

und zieht den Stecker raus. Er köpft die nächste Flasche Chardonnay. Ich habe meine Nieren vorerst genug durchgespült. Ich drehe einen Joint und hoffe, daß der mich besser drauf bringt. Ich frage Hakan, wie positiv er nun eigentlich ist. Er sagt:

– Nummer 1359 ist absolut negativ. Das Testergebnis bestätigt das.

Daß der Mist auf den Schleimhäuten der Mandeln brütet und deshalb nicht sofort nachweisbar ist, scheint ihn nicht zu interessieren. Daß die Tests von den Gesundheitsfuckern mittlerweile gefaked werden, auch nicht. Ich überlege, ob es mich interessiert. In welcher Form ich mich ihm anbieten soll. Ich habe diesen Smoking nicht angezogen, um ihn den ganzen Abend anzubehalten. Hakan überreicht mir sein Päckchen. Ich überreiche ihm mein Päckchen. Ich fasse es noch immer nicht. Das Dope bringt mich wenigstens ein bißchen runter. Ich hole mir ein Bier aus dem Kühlschrank, während Hakan sich bemüht, die Fäden von seinem Geschenk zu entwirren. Er fragt, ob ich nicht auspacken will, aber ich habe wirklich keine Lust dazu. Ich halte sein Päckchen noch immer unterm Arm, trinke mein Bier und warte seine Reaktion ab. Long Fin Killie singen: »Don't call me nigger.« Diese Schwuchtelweihnacht geht mir allmählich auf die Nerven. Hakan hält eine Urne in seinen Händen, auf der unsere Namen eingraviert sind. Ich behaupte, das Ding selbst getöpfert zu haben. Er leert die Flasche Chardonnay auf Ex, wirft mir einen bösen Blick zu, und ich mache:

– Uuuhh!

weil ich verdammten Schiß vor seinem bösen Blick habe. Er holt aus und zielt mit der Urne auf meinen Kopf. Ich gehe rechtzeitig in Deckung, und das Ding zerschellt an der Wand. Er will wissen, warum ich mein Geschenk nicht auspacke. Ich frage ihn, was ich mit einem Sack voll Asche soll, wenn die Urne schon kaputt ist. Erst jetzt bemerkt der Fucker, daß der Baum hinter ihm brennt. Er reißt die Balkontür auf, packt das brennende Teil und kippt es auf die Straße runter. Ich denke, daß es Zeit ist, das Fest abzubrechen, weil ich keinen Bock auf das Nachspiel habe. Ich mache, daß ich rauskomme, ohne daß er das mitkriegt. Die Pute liegt mir schwer im Magen. Ich bereue, daß ich kein Bier mitgenommen habe. Draußen flackert der Baum noch immer vor sich hin. Von Hakan keine Spur. Wenigstens hat er sich nicht hinterhergestürzt. Ich mache mir klar, daß ich heute abend nicht wirklich eine Chance hatte. Ich versenke den Umschlag mit dem Engel in einer Mülltonne und mache mich auf die Suche nach einem Taxi. Ich will nachsehen, wie der Abend bei Tom so läuft.

FELIX Anna fingert mit einem Küchenmädchen in der Küche rum. Sie trägt ein langes, armfreies, silbernes Paillettenkleid. Ich hole mir ein paar Chips, und die Küchenhilfe glotzt mich dämlich an. Tom sitzt mit Onkel Nico im Wohnzimmer und tut so, als sei er mit einem Buch beschäftigt. Nico starrt aus dem Fenster. Er hält seine Hände zwischen die Knie gepreßt. Ich lege mich mit den Chips vor den Fernseher und schalte MTV ein.

– Felix, was soll das?

Ich weiß nicht, was das soll. Der ganze Zirkus wird wahrscheinlich wegen mir veranstaltet, und keiner weiß, was das soll. Michael Jackson stampft auf die Erde und singt den »Earth Song«. Nico sagt:

– Das kenne ich.

Tom reißt mir die Fernbedienung aus der Hand, krallt sich die Tüte Chips und verschwindet in der Küche. Vielleicht, um Anna zu schlagen, vielleicht um der Küchenhilfe sein Ding zu zeigen. Mir wird schlecht bei dem Gedanken, daß er mich gemacht hat. Ich setze mich neben Nico, weil Tom mir verboten hat, auf mein Zimmer zu gehen. Ich frage Nico, was so läuft. Er meint, daß er jetzt gern zu Hause wäre.

– Warum gehst du dann nicht einfach?

– Weil Tom gesagt hat, daß Weihnachten ist.

Ich mag meinen Onkel irgendwie, obwohl er die Totalmacke hat. Wir zünden uns Zigaretten an und versuchen, Ringe zu blasen. Nico schafft es, seine Ringe durch meine zu manövrieren. Anna ruft aus der Küche, daß ich nicht rauchen soll. Mich wundert, daß sie noch nicht eingeschlafen ist. Nico gefällt die Sache mit den Ringen. Er zündet sich die nächste Fluppe an und fängt an zu husten. Ich klopfe ihm auf den Rücken. Er läßt seine Kippe fallen und die brennt ein kleines Loch in den Berber.

– Was ist los, Nico, kannst du nicht aufpassen, oder was?

Tom steht mit seinem Whiskyglas auf der Treppe, spielt den König. Ich wünsche, ich wär bei Button, der jetzt im »Nansen-Eck« mit seinem Bruder Billard spielt. Nico fragt mich, warum ich zur Schule gehe.

– Keine Ahnung.

– Das habe ich mir gedacht.

– Was soll das, Nico, willst du den Jungen verrückt machen?

– Er ist schon verrückt.

– Schließ nicht von dir auf andere, Nico.

– Die Schule ist kein Problem für mich.

Das findet Nico okay, aber Tom hat Futter bekommen.

– So, die Schule ist also kein Problem für dich. Vielleicht kann mir mein Herr Sohn dann mal erklären . . .

– Tom! Das Essen ist fertig.

Anna sieht klasse aus in ihrem Kleid. Tom, der König, kämpft mit der Geflügelschere. Nico versucht, sich seine Serviette umzubinden. Anna schüttet Wein in sich rein. Die Küchenhilfe verteilt Grünkohl und Klöße. Weil ich das Kind bin, bekomme ich eine Keule von der Gans. Das Fett blubbert noch durch die braune Haut. Ich überlege, ob ich jetzt schon kotzen soll. Tom stößt auf ein gelungenes Fest an, und Nico schüttet seinen Wein über das Tischtuch. Ich frage mich, was die Küchenhilfe jetzt in der Küche so treibt, und denke, daß dieser Job auch nicht beschissener ist als dieses Essen hier. Anna fragt Nico, ob die Arbeit im Museum Spaß macht.

– Es kommt darauf an, wen man danach fragt. Irgend etwas stimmt nicht in dem Museum.

Er sortiert die Speckwürfel aus dem Grünkohl raus.

– Irgend etwas stimmt immer nicht bei dir. Du kannst froh sein, daß ich dir den Job besorgt habe. Soweit ich informiert bin, verdienst du nicht schlecht fürs Nichtstun. Oder überanstrengt es dich?

– Mein lieber Bruder hat mir diese Arbeit besorgt, aber er war nie da. Er weiß nicht, was da für Menschen sind. Er kennt die Gefahren nicht, die da auf einen lauern.

– Ich weiß nicht, was du erwartest, bei deiner Qualifikation.

– Ich kann observieren.

– Na großartig. Du kannst die Bilder observieren. Wie ich gesagt habe. Ein idealer Job für dich.

– Ich observiere keine Bilder.

– Willst du noch Klöße, Nico?

Anna versucht, das Thema zu wechseln. Nico nimmt sich einen Kloß und zermanscht ihn in der Soße.

– Wie ich meinen Herrn Sohn kenne, wird aus ihm sicherlich auch ein Museumswärter. Dann weiß ich wenigstens, wofür ich jahrelang geschuftet habe.

– Ein Satz von unserem Vater. Tom wiederholt ihn nur, erklärt Nico.

– Tom, bitte, nicht heute abend.

Anna bleibt erstaunlich ruhig. Sie muß einen neuen Downer probiert haben. Ich frage Tom, was für eine Art von Schuften das ist, wenn man seine maskierte Fresse in die Kamera dreht und Scheiße labert. Nico kichert und läßt ein Stück Gänsebrust von der Gabel auf seinen Schoß fallen. Anna gießt sich schnell Wein nach.

– Willst du dich streiten, ja?

Ich will mich nicht streiten. Das habe ich schon vor Jahren aufgegeben. Mit Tom kann man nicht streiten. Nicht mit einem Königsarschloch. Das habe ich früh begriffen.

– Ob du dich streiten willst, habe ich gefragt!

– Alles zu Ihrer Zufriedenheit?

Die Küchenhilfe steht hinter Tom und lächelt. Er sagt, daß er sie schon rufen wird, wenn er sie braucht. Ich will, daß sie einen Knicks macht, aber sie zieht sich einfach so zurück. Ich glaube, sie torkelt. Ich lege die Fettschicht unter der Haut frei und behaupte, daß da Maden in meinem Fett rumkriechen. Tom langt über den Tisch und knallt mir eine. Nico meint, daß er auch glaubt, daß da was lebt in seinem Essen. Er ist sich sicher, daß er vergiftet werden soll. Anna versucht ihn zu beruhigen, obwohl ihre Augen schon ganz feucht sind. Tom erinnert Nico daran, daß er sich zusammenreißen soll. Aber Nico schmeißt Messer und Gabel auf den Teller und fuchtelt mit seinen Armen in der Luft:

– Ich will mich nicht zusammenreißen. Du warst nie da. Es ist gefährlich. Sie wollen mich vergiften. Weil ich alles weiß. Ich weiß alles. Sie wollen mich umbringen, weil ich alles weiß. Aber ich bin ein Profi. Ich bin wirklich ein Profi. Du hast keine Ahnung, Tom, überhaupt keine Ahnung.

Ich sage Nico, daß ich ihn echt cool finde. Tom ruft das Küchenmädchen und befiehlt ihr, endlich den Tisch abzuräumen. Sie ist irritiert und weiß nicht, was sie jetzt mit ihrem Nachtisch machen soll. Tom erklärt ihr, daß kein Mensch sie nach ihrer Meinung gefragt hat, daß sie einfach den Tisch abräumen und die Schnauze halten soll. Anna entschuldigt sich für einen Moment und verzieht sich nach oben, um Nachschub einzufahren. Tom sagt:

– Na toll, Nico. Bist du jetzt zufrieden?

Tom lockert seine Krawatte, kippt seinen Whisky und sagt:

– Frohe Weihnachten.

Ich stoße komplizenhaft mit meinem gegen Nicos Knie, aber der ist in eine andere Dimension übergetreten und kriegt überhaupt nichts mehr mit. Ich frage, ob ich aufstehen darf. Tom macht Friedensangebote:

– Es ist alles in Ordnung, Nico. Alles in Ordnung. Es ist nichts passiert, hörst du? Ich entschuldige mich. Alles klar? Ich habe mich bei dir entschuldigt, Nico.

Wir sitzen wieder im Wohnzimmer, Anna mit glasigen Augen. Das Küchenmädchen bringt Mocca und Mandelhörnchen. Tom zündet den Baum an. Jedes Licht ein brennender Matrose. Das Küchenmädchen verabschiedet sich. Ich warte darauf, daß Tom sich anbietet, sie nach Hause zu ficken. Ich packe meine Geschenke aus, und alle glotzen mich an. Das Kind freut sich am schönsten. Ein Disc-Man, ein Modem fürs Internet, Klamotten, Computerspiele, ein Abo für die »Basket«, Nike Air NDESTRUKT, einen Scheck über fünfhundert Mark für CDs. Ich küsse Anna auf die Wange. Sie streichelt mir über den Kopf. Ich sehe Tom an und sage:

– Danke.

Nico starrt aus dem Fenster. Tom schenkt Nico einen Gutschein für ein neues Fahrrad. Nico fixiert den Gutschein und meint:

– Ich möchte aber lieber einen Ford Mustang.

– Einen was?

– Einen Ford Mustang.

– Du willst kein neues Fahrrad?

– Ich will einen Ford Mustang.

– Einen Ford Mustang?

– Ja. Ford Mustang.

Tom nimmt den Gutschein aus Nicos Händen und zerreißt, ihn.

– Was ist mit dir Felix, bist du vielleicht auch unzufrieden?

Ich sage:

– Alles okay bei mir.

– Fein. Das beruhigt mich. Wirklich.

Anna bekommt einen Smaragdring, der nicht paßt. Ich schenke Tom eine Ray-Ban-Sonnenbrille, die ich irgendeinem Fucker geklaut habe, und Tom ist echt fassungslos. Er öffnet einen Umschlag, auf den ein Engel gemalt ist, und holt einen Zettel mit einer roten Schleife drum raus. Er liest den Wisch, und ich denke, daß es wieder ein Gutschein von Anna für was weiß ich was ist. Nico versucht, seinen Gutschein wieder zusammenzupuzzeln. Tom wird irgendwie blaß, und seine Hände zittern. Er steckt den Zettel zurück in den Umschlag, den er in den Kamin wirft. Anna reagiert nicht. Tom sagt zu Nico:

– Du sollst deinen Ford Mustang haben.

Nico hört auf zu puzzeln. Ich glaube, ich höre nicht richtig, aber Tom wiederholt das noch mal:

– Es ist gut, Nico. Du bekommst deinen Ford Mustang. Wir kümmern uns übermorgen darum.

Nico lächelt Tom an und bringt keinen Ton raus. Anna droht einzuschlafen, die brennende Kippe zwischen ihren Fingern. Tom geht in die Küche, um sich neues Eis zu besorgen. Ich angele den Umschlag aus dem Kamin. Er ist nur angesengt. Ich lese den Zettel:

DIE FAMILIE IST DIE KEIMZELLE DES SOZIALISMUS. ALSO MUSS DIE FAMILIE ZERSTÖRT WERDEN. V

Ich habe keine Ahnung, was die Scheiße mit dem Sozialismus soll, aber die Sache mit der Zerstörung der Familie geht in Ordnung. Das finde ich geil. Ich stecke den Zettel ein und frage Anna, ob ich noch ins »Nansen-Eck« darf. Anna meint, ich soll Rücksicht auf Tom nehmen. Ich falle in einen Sessel und weiß, daß ich diesen Abend nicht überleben werde. Nico starrt schon wieder aus dem Fenster, und plötzlich zuckt er zusammen, als hätte ihn irgendwas zu Tode erschreckt.

LARS Ich tauche unter der Laterne weg und habe einen ganz guten Ausblick. Die große Fensterfront ist so einladend wie eine Kinoleinwand. Der Ton funktioniert nicht. Es gibt keinen Rottweiler, keinen Bullterrier. Noch nicht. Tom ist nicht zu sehen. Dafür starrt der abgefuckte Museumsspinner aus dem Fenster. Die Welt ist zu klein. Toms Sohn scheint sich zu Tode zu langweilen. Ich frage mich, ob Tom seiner Familie schon den Brief vorgelesen hat. Er kommt mit einem vollen Whiskyglas zu den anderen zurück, setzt sich neben die Frau, die wahrscheinlich seine Frau ist, und hält die Klappe. Die zelebrieren eine Totenwache. Ihr Jesuskind ist eine Totgeburt. Ich bedauere, keine Benzinflaschen dabei zu haben, könnte kotzen vor Wut, weil ich nicht weiß, was ich hier soll, weil das ein total verschissener Abend ist. Hakan. Meine Zeit läuft ab, wenn nicht bald irgendwas passiert.

FELIX Wir langweilen uns allmählich ins Delirium. Nico meint, daß er jetzt gehen muß, weil Fred Faser in Schwierigkeiten steckt, weil er sonst nicht draußen auf ihn warten würde. Tom regt sich auf, weil Nico rumspinnt. Ich habe keine Ahnung, wer Fred Faser ist. Tom will, daß Nico über Nacht bleibt, weil er zu besoffen ist, um ihn nach Hause zu fahren. Nico verweigert das, weil er sich noch um Fred Faser und Betsi Baller kümmern muß. Ich frage ihn, wer Betsi Baller ist. Nico wird nervös, aber Tom weigert sich, zu fahren. Nico meint, daß er keinen Fahrer braucht, weil er ja schließlich mit seinem Mustang gekommen ist:

– Und Buddy kann immer fahren.

Ich finde Nico echt cool. Er ist zur Tür raus, ehe Tom überhaupt kapiert, was abgeht. Ich packe meine Geschenke zusammen und überlasse Maria und Josef sich selbst.

ANETTE In der Redaktion herrscht Ruhe. Das Doppelheft mit meinem, Toms Artikel ist vor Weihnachten raus, Toms Sendung läuft erst Ende Januar wieder, Mehnert ist auf Gran Canaria. Ich lackiere meine Nägel und warte darauf, daß Tom vom Masseur zurückkommt. Durchs Internet läuft ein Text von V:

DAS VAKUUM IST VERLETZBAR. EIN UNSICHTBARES LECK HAT DIE KRAFT EINER ATOMBOMBE. WIR BLEI-

BEN RUHIG. HIROSHIMA HABEN SIE AUCH WIEDER AUFGEBAUT. EINE MODERNE STADT. KEINE FRAGEN MEHR. DER UNTERGANG DES FRAGEZEICHENS. DIE VERWEIGERUNG. DAS LECK. V

Ich versuche mir vorzustellen, wie V aussieht. Ob V eine Frau ist. Tom stinkt nach Öl. Ich klinke mich aus dem Internet raus. Tom fragt mich, ob ich eine Ahnung habe, wo man an gute Hunde rankommt. Rottweiler. Ich frage ihn, ob er Sylvester schon was vorhat. Er sieht mich an, als wäre ich ein Gespenst. Wir trinken einen Kaffee zusammen, um seine Antwort abzuwarten.

– Sylvester?

– Wir wechseln ins Jahr 2000, falls du dich erinnerst.

– Anna ist auf Gran Canaria.

– Ich weiß.

– Was hältst du von einem Rottweiler?

– Kommt darauf an.

– Worauf?

– Willst du ihn abrichten?

– Sicher.

Sicher. Er ist paranoid. Er ist gewöhnlich. Er sieht gut aus.

– Soll ich mich erkundigen?

– Ja. Warum nicht.

Ich gebe einen Grappa aus.

– Was ist mit Sylvester?

– Ich weiß nicht. Hast du schon was vor?

Er zögert, tastet sich vorsichtig heran. Ich lächele. Streiche mit dem Zeigefinger über den Rand meines Grappaglases.

– Ich mache mir Sorgen um Felix.

Der treusorgende Familienvater weicht aus. Er sitzt in der Falle. Ich lasse nicht locker: ich schweige. Er nimmt sich einen zweiten Grappa. Ich halte meine Hand über mein Glas.

– Ich könnte im »Florian« bestellen.

Ich habe gewonnen. Ich stimme zu. Er nickt und kann sich ein Grinsen nicht verkneifen. Er guckt in sein Glas. Meinem Blick hält er noch nicht stand.

Ich stehe vor meinem Kleiderschrank, noch unentschieden, welche Taktik ich anwenden soll. Draußen kommt langsam wieder der Sturm auf. Ich zähle die Schritte, die ich draußen machen muß, aber das Programm im Anschluß ans »Florian« ist noch nicht festgelegt. Ich muß flexibel bleiben. Ich habe noch 45 Minuten Zeit, die richtige Wahl zu treffen. Im Radio berichten sie von den ersten Feuerwerksunfällen. Tom wird Felix einsperren. Ich stelle mir Felix vor, der mit einem Schweizer Taschenmesser auf seinen Vater losgeht. Ich verbiete mir den Gedanken, schalte das Radio aus und entscheide mich für das blaue Samtkleid. Als Duft kommt nur »Paloma Picasso« in Frage. Ich weiß, daß Tom das verrückt macht. Ich frage mich, ob ich vielleicht verrückt bin. Er ist paranoid. Er ist gewöhnlich. Er sieht gut aus. Ich betrachte mich im Spiegel. Keine Mängel. Dessen bin ich sicher. Ich steige zu ihm ins Taxi und sage:

– Hallo.

– Hallo.

Wir haben einen Tisch nahe den Toiletten. Tom beschwert sich, und der Geschäftsführer entschuldigt sich. Jetzt sitzen wir am Fenster. Der Sturm schlägt gegen das Glas. Wir stoßen mit Champagner an. Tom wählt das Menü aus. Ich muß betreut werden. Ich habe keine Ahnung von »Haute Cuisine«. Ich bin nur eine Sekretärin. Tom betreut mich. Sichtlich schamvoll. Er hat keine Ahnung. Ich spiele meine Rolle. Zunächst. Er wird sich wundern. Er macht mir ein Kompliment und achtet darauf, daß niemand es hört. Ich lächele dankbar und wünsche mir seinen Kopf in einen Schraubstock. Ich reiße mich zusammen. Er riecht nach »Biagiotti uomo«. Billig. Das beruhigt mich. Während des Essens achte ich darauf, ihn nicht anzusehen. Er sagt:

– Anette . . .

Zum einen Ohr rein, zum anderen wieder raus.

– Anette?

Ich lasse ihn zappeln.

– Ich möchte mit dir anstoßen.

Verrecke, du Idiot! Ich hebe mein Glas und befeuchte meine Lippen.

– Ich mache mir Sorgen.

– Um Felix?

– Nein. Etwas anderes. Ich weiß nicht, wie ich anfangen soll.

Er kann mir vertrauen. Er hat genug getrunken. Ich ermutige ihn. Ich lege meine Hand auf seine:

– Was ist los, Tom?

– Es ist . . . ich bekomme . . .

– Was bekommst du?

Vor mir der kleine Junge, dem ich die Ohren langziehen möchte.

– Es ist nichts.

– Du kannst mir alles sagen, Tom.

Ich habe in einer Seifenoper gebucht. Er ist sich der Lächerlichkeit nicht bewußt. Vielleicht sollte ich seine Zunge herausschneiden, noch bevor er mich küßt.

– Es sind Briefe.

Es sind Briefe. Ich versuche, nicht zu lachen.

– Was für Briefe?

– Sie sind . . .

Der Maitre zieht uns die Teller weg.

– Danke, es war sehr gut.

Die Sache ermüdet mich allmählich. Ich küsse dem Maitre die Füße. Tom ordert weiteren Champagner. Er lächelt mich an. Nicht wirklich. Er wartet darauf, daß ich nachhake. Ich enttäusche ihn. Ich weiß, wovon er spricht. Er ist nicht derjenige, mit dem ich darüber sprechen möchte.

– Laß uns diesen Abend genießen, Tom.

– Ja, sicher. Du hast wie immer recht. Meine Liebe ...

Er ahnt nichts von den Genußvorstellungen seiner »Lieben«. Er hat mich überrascht. Eine Auszeichnung, mit der ich nicht rechnete: »Liebe«. Wir halten tatsächlich die gesamte Oberfläche besetzt. Ich bestelle ein Dessert mit zwei Löffeln. Topfencreme. Der Sturm droht die Scheiben einzudrücken. Tom sieht auf die Uhr. Unsere Löffel klicken gegeneinander. Ich führe meinen Löffel zu seinem Mund. Der kleine Junge wird gefüttert. Er nimmt es dankbar an. Der Blick zum Nachbartisch. Niemand hat es gesehen. 23 Uhr 10.

– Wir müssen uns beeilen.

– Wo wollen wir hin?

Eine naive Frage, die ihre Wirkung tut. Er spielt den Geheimnisvollen. Er kommt in Fahrt. Ich richte meine Toilette. Er hilft mir in den Mantel. Ich werde mich verteidigen. Notfalls. Der Taxifahrer erklärt Tom den Umweg durch gesperrte Straßen. Wegen der Bäume. Die entwurzelte Stadt. Ich sitze hinten und versuche die Orientierung zurückzugewinnen. Tom ist tatsächlich plump. Die letzte Hoffnung entschwindet. Ich habe in bekanntem Terrain zu kämpfen. Wir halten vor meiner Wohnung. Ich schließe die Tür auf. Tom flüstert in mein Ohr. Er träumt von einem Jahreswechselfick. 23 Uhr 45. Mir bleibt nicht mehr viel Zeit. Er öffnet den Champagner. Er umschlingt mich von hinten, hält mir das Glas vor mein Gesicht. Ich bitte ihn, meinen Reißverschluß zu öffnen. Er folgt der Öffnung mit seiner Zunge. Ich spüre die Gänsehaut und entziehe mich seinem Zugriff. Er markiert den Eroberer, folgt mir ins Wohnzimmer. Er steht vor mir und weiß nicht, wie er es anstellen soll. Ich bitte ihn, sich neben mich zu setzen. Er ist irritiert. Seine Hand fährt über die Innenseiten meiner Schenkel, unter das Kleid. 23 Uhr 55. Er träumt noch immer. Ich drücke seine Hand auf meinem Schenkel und fahre mit meiner Zunge in seinen Mund. Er steigt darauf ein. Zunge und Zähne. Er bekommt seine Hand nicht mehr los. Der Sturm legt sich. Raketen. Ich beiße in seine Zunge. Er schreit. Seine Hand verschwindet.

– Laß uns anstoßen, Tom.

Er winselt. Ich schmecke Blut. Nur eine Verletzung.

– Was ist mit dir?

– Scheiße.

– Laß uns anstoßen.

Er hat noch nicht verstanden. Er stößt mit mir an. Jahreswechsel. 2000. Er will mehr. Ich halte mich zurück. Das ist das Vorspiel. Er ist paranoid. Er ist gewöhnlich. Er sieht gut aus. Ich habe sehr viel Zeit. Das Jahr wird lang. Er startet einen neuen Versuch. Ich sage:

– Nein.

Er läßt ab. Er hat nicht damit gerechnet. Er grinst. Er glaubt, ich zicke. Ihm gefällt, daß ich zicke. Ich sage:

– Bitte.

Er kämpft mit seiner Erektion. Erneut die Hand. Er fragt, was mir gefällt. Er glaubt, daß er das drauf hat. Ich sage:

– Ich möchte dich ansehen.

– Mich ansehen?

– Ja.

Tom, der Abenteurer. Er verträgt keinen Alkohol. Der Held. Ich entblöße ihn. Er merkt das nicht. Er entblößt sich selbst. Er versucht seinen Rhythmus zu finden. Ein Tanz. Er entblättert sich. Die Kleidung fällt. Ich trinke Champagner. Er tänzelt vor mir her. Die erotische Attraktion. Das Hirn entstellt. Er lächelt. Ein blasser Körper. Drahtig. Sehnig. Unverbraucht. Er kennt seinen Körper nicht. Er tanzt. Nur noch die lächerliche Unterhose. Ich lache. Er winkt mich zu sich heran. Von seinem Rhythmus überzeugt. Ich bleibe sitzen. Er enthüllt den Schleier. Stolz auf seine Erektion. Er tanzt nicht mehr. Er bietet sich an. Verloren. Jede Sekunde, die ich zögere, schadet seiner Männlichkeit. Ich sage:

– Du hast mich falsch verstanden.

– Was?

– Ich wollte dich ansehen. Dein Gesicht. Ich wollte, daß wir uns in die Augen sehen. Du hast mich falsch verstanden. Es tut mir leid.

Ich wecke das Tier in ihm. Er ist kein Tier. Er zieht den Schwanz ein. Ich schenke ihm Vertrauen und lächele ihn an. Offen. Er sucht sich zusammen. Still. Ich brenne in ihm. Weil ich so ruhig bin. So offen. Ich biete ihm ein Glas Champagner an. Er trinkt. Hastig. Steht immer noch.

– Ich gehe wohl besser.

– Wie du willst.

Und draußen brennt es auch. Ich bringe ihn zur Tür. Er sagt:

– Trotzdem. Danke.

Ich packe ihm an die Hose und drehe meine Zunge in seinen Hals. Er zögert.

– Ich habe zu danken, Tom.

Ich gebe ihn frei.

– Also dann, Anette. Wir sehen uns.

– Sicher.

Ich schließe die Tür. Er gehört mir.

FELIX Ich hänge mit Button auf einer Party rum, die mich nicht anmacht. Ich trinke Red Bull mit Wodka. Ich sage Button, daß ich raus will. Er findet das okay. Ich nehme die Flasche Wodka; er nimmt den Raketenstoff, und wir verziehen uns. So ziemlich jeder verdammte Baum liegt mittlerweile auf der Straße, aber der Wind läßt nach. Keine Gefahr für Buttons Raketenabschußbasis im Viktoriapark. Wir sind oben beim Denkmal. Es ist scheißkalt, aber die Leute sind gut drauf. Ich bin ziemlich angetörnt. Button installiert die Geschütze. Irgendein Freak fällt mir um den Hals und knutscht mich auf die Stirn. Ich rege mich nicht auf, weil ich mehr als angetörnt bin. Wir trinken Wodka. Eine Gruftibraut baggert Button an. Der schreit rum, weil er Besseres zu tun hat. Die ersten Dinger gehen hoch. Ich starre in den Himmel. Der absolute Spaceraum. Button holt mich runter und gibt mir Instruktionen. Wir sprengen. Ich bin zu langsam, weil meine Hand steifgefroren ist, weil ich lieber gucke. Der Freak hängt schon wieder an meinem Hals. Button macht mich an, was ich mit der Schwuchtel will. Er will Zeichen setzen. Er malt seine Zeichen in den Himmel. Unter mir schwimmt der Boden. Kein Wind mehr. Nur Wellen. Button johlt. 2000. Ich nehme Button in den Arm. Er stößt mich weg und fragt, ob ich sie noch alle hab. Der Himmel brennt. Kanonenschläge. Button, der Meister. Mir wird schwindelig. Der Freak fährt mit seinen Kumpels zu einem Rave auf die »Insel«. Er fragt uns, ob wir mitkommen. Der Sprengmeister ist skeptisch. Ich zeige Button endlich das E, und er schlägt ein. »Insel der Jugend«. Goatrance. Button holt Bier und wir schlucken das E. Rave. Wir heben ab. Ich sehe nichts mehr. Wir schwitzen. Ich löse mich auf. Button verschwindet. Mein Körper macht sich selbständig. Ich gieße Flüssigkeit nach. Trance. Trance. Megatrance. Ich liege in der Chill-Out- Zone. Button ist verschwunden. Ich habe Bock auf eine Berührung, weiß aber nicht, wie ich das anstellen soll. Draußen wird es hell. Ich bin am Arsch der Welt. Keine Spur von Button. Ich mache, daß ich rauskomme. Die Spree das Eismeer. Keine Ahnung, wo ich bin. Ich scheiß auf 2000.

LARS Ich scheiß auf 2000. Die Idioten sprengen ihre Zeichen in den Himmel, und nichts passiert. Ich schleppe meine Molotows mit mir rum und weiß nicht, wohin damit. Ich gehe in die »Ankerklause«, aber keine Spur von Hakan. Easy Listening. Der Laden platzt und Luftschlangen. Die glauben sich das selbst nicht. Hirnamputation. Lobotomie. Sie führen den Eingriff an sich selbst durch. Eine Benzinflasche auf das DJ-Pult. Das wäre ein Anfang. Es ist so voll, daß ich meinen Arm nicht hochkriege. Frohes neues Jahr. Als erstes die Besinnungslosigkeit. Ich bin die Moral. Ich scheiß auf die Moral. Hakan kommt nicht mehr. Die Meute schiebt mich durch. Ich warte, bis sie mich wieder rausschwemmt. Ein paar Türken halten Fahnen aus ihren fahrenden Wagen und brüllen rum. Ein paar Türken fallen aus ihren fahrenden Wagen und brechen sich die Knochen. Ich laufe am Maybachufer lang und spiele Frieden. Eine Nutte hat sich verlaufen und will Feuer von mir haben. Ich zünde ihre Perücke an und wünsche ihr ein frohes neues Jahr. Sie reißt sich die Fackel vom Kopf und brüllt:

– Scheißwichser! Gottverdammter Scheißwichser.

Ich gebe ihr recht. Am Maybachufer, zwischen Pannierstraße und Lohmühlenplatz die Autowracks am Straßenrand. Matratzen und Kühlschränke. Kleine Scheiterhaufen. Dazwischen Rumänen, die singen ohne einzufrieren. Die Frauen halten Äpfel ins Feuer. Die Kinder schlafen in ihren Schößen. Sehr romantisch. Ich sage:

– Love and peace!

und zähle die Messer, die sich von hinten in meinen Rücken bohren. Aber statt dessen trinke ich selbstgebrannten Schnaps mit den Rumänen. Wie romantisch. Sie hören auf zu singen. Das ist jetzt wirklich Totenstille. Frohes neues Jahr. Sie lassen mich gehen. Lars, der bürgernahe Polizist, schreitet die Straßen ab. Es wird Zeit für einen Plan. Ich hasse Sylvester. Ein rosafarbener Mustang biegt in die Karl-Kunger-Straße ein. In der Wagenburg Lohmühlenstraße feiern sie ihr eigenes Fest und grillen ihre Hunde, weil sie nichts anderes mehr haben. Alles ist friedlich. Die Toten von heute fallen nicht ins Gewicht. Ich gehe über die Kanalbrücke in den Görlitzer Park und hoffe, wenigstens vergewaltigt zu werden. Aber es wird schon hell. Das ist nicht meine Nacht gewesen. Ich setze mich auf eine Bank vor dem Fußballplatz und beschließe den Märtyrertod zu sterben. Einsam und verlassen auf einer Parkbank erfroren. Der Mann, der nicht mehr wollte. Ich rauche vorher noch die letzte Zigarette. Ein Kid taucht aus dem Nichts auf und schnorrt mich an. Ich sage ihm, daß ich ihn schon mal irgendwo gesehen habe. Er fragt:

– Echt?

Ich sage:

– Ja.

und frage ihn, wie er heißt.

– Felix.

– Ich bin Lars.

– Hi.

Er setzt sich neben mich und wir rauchen. Er ist höchstens fünfzehn.

– Und, gute Nacht gehabt, Felix?

– Ich scheiß auf 2000.

– D'accord.

Er fragt, was ich hier mache, und ich sage, daß ich hier auf den Weltuntergang warte. Er findet das cool. Ich finde es cool, neben Toms Sohn zu sitzen.

– Hast du Bock auf ein Frühstück?

Er hat nichts dagegen. Ich zeige ihm die Benzinflaschen und frage ihn, ob er eine Idee hat, was wir damit anstellen können.

– Keine Ahnung. Warum?

– Probieren wir sie aus?

– Ich weiß nicht.

– Komm schon. Scheiß auf 2000.

Wir steuern auf den Kleintierzoo zu. Felix spielt Flammenwerfer. Ich mache es ihm nach. Aus dem brennenden Schuppen blöken die Ziegen raus.

– Cool, man.

– Für den Anfang ganz okay.

Er sieht mich fragend an. Wir gehen zu mir. Felix stellt den Fernseher an und fällt in einen Sessel. MTV. Er fragt, wie alt ich bin.

– Vierundzwanzig.

– Ich bin fünfzehn.

– Was ist mit deinen Alten?

– Keine Ahnung.

– Machen die keinen Streß?

– Tom glaubt, daß ich bei Button penne.

Ich überlege, ob ich dem Kleinen an die Wäsche gehen soll. Er sagt:

– Das war ziemlich abgefahren mit den Molotows. Machst du so was öfter?

– Nein.

– Irgend so ein Typ meint, man soll die Familie zerstören.

– Mit Molotows?

– Nein. Wegen dem Sozialismus, oder so nem Scheiß. Keine Ahnung. Ich hätte nichts dagegen.

– Muß eh jeder selbst wissen, weswegen er was macht.

– Und was machst du so?

– Alles mögliche. Ich verprasse meinen Lottogewinn. Willst du Kaffee?

– Ja.

Ich bin vorsichtig. Felix vertraut mir. Er ist okay.

NICO Buddy lenkt seinen Ford Mustang durch das Sylvesterfeuerwerk. Seine Nerven sind zum Zerreißen gespannt. Dies ist die Nacht, in der Buddy Betsi Baller und Fred Faser aus den Fängen von MISS MEGATRANCE und THE RAVEMAN befreien wird. Die Nacht, in der er sich zu erkennen gibt. Buddy überprüft seine Beretta. Er läßt den Ford Mustang in die Sredzkistraße rollen. Aus dem Hinterhof dröhnt die Musik. MISS MEGATRANCE und THE RAVEMAN feiern eine Party. Buddy ist darauf vorbereitet. TEMPLE OF LOVE. Buddys Eintrittskarte eine schwarze Lederweste auf seinem nackten Oberkörper und ein Nietenband um seinen rechten Oberarm. Ray Ban und Stiefel. Das reicht aus. Buddy durchläuft die Kontrolle. Die Beretta in seinem Hosenbund. Buddy checkt die Location. Ein Labyrinth von Räumen. Latexkörper und Lederfressen. Schweiß. Buddy bewegt sich sicher. Buddy ist hellwach. Er drückt sich an den zuckenden Körpern vorbei. Einige Hände, aber Buddy läßt das geschehen. Er hat einen Auftrag. Buddy erreicht den letzten Raum. Stroboskoplicht. MISS MEGATRANCE tanzt auf der Empore. THE RAVEMAN dirigiert. Buddy entdeckt das Podest unter der Empore. Auf dem Podest Fred Faser und Betsi Baller, auf Stühle gefesselt. Betsi

Baller redet auf Fred Faser ein. Buddy kann nicht von ihren Lippen lesen. Wegen dem Stroboskoplicht. MISS MEGATRANCE schwingt eine Peitsche. THE RAVEMAN seilt sich von der Empore ab auf das Podest. Betsi Baller schreit. Ein Spot auf das Podest. Buddy schiebt sich nach vorne. Jeder Muskel seines Körpers vibriert. MISS MEGATRANCE folgt THE RAVEMAN. Die Peitsche züngelt über Freds Gesicht. THE RAVEMAN kniet hechelnd vor Betsi Baller. Buddy springt auf das Podest. MISS MEGATRANCE ist irritiert, denn Buddy umschlingt mit seiner Faust den Lederriemen und zieht MISS MEGATRANCE zu sich heran. Buddy versenkt seine Zunge im erstaunten Maul von MISS MEGATRANCE. MISS MEGATRANCE legt ihre zarten Hände um Buddys starken Hals und drückt auf seinen Kehlkopf. THE RAVEMAN sitzt auf Betsi Ballers Schoß. Zwischen seinen knochigen Fingern drehen sich rostige Rasierklingen. Betsi Baller fällt in Ohnmacht. Buddys entschlossener Kopf fliegt gegen die hohe Stirn von MISS MEGATRANCE. MISS MEGATRANCE sinkt zu Boden. Buddy entfesselt den erstaunten Fred Faser, während THE RAVEMAN Betsi Ballers Kleid aufschlitzt. Buddy zieht seine Beretta, aber THE RAVEMAN grinst Buddy unverschämt an. Buddy entsichert augenblicklich seine Beretta, worauf THE RAVEMAN sich vorsichtig von Betsi Baller löst. Buddy zielt auf seine linke Kniescheibe. Fred Faser versucht, Betsi Baller zu befreien, aber THE RAVEMAN tritt gegen ihren Stuhl. Buddy weicht aus. Fred Faser verliert das Gleichgewicht. THE RAVEMAN taucht in die unter ihm wogende Masse, und Buddy verliert THE RAVEMAN aus den Augen. Das gehört nicht zu seinem Plan. Buddy wirft Betsi Baller über seine Schultern, die Beretta noch immer im Anschlag. Er bedeutet Fred Faser, ihm zu folgen, aber MISS MEGATRANCE erwacht. Sie erwischt Fred Fasers Bein im Moment, da

Fred Faser vom Podest springt. Fred Faser stürzt und schlägt mit seiner Nase gegen die Umrandung des Podestes, während MISS MEGATRANCE sich in seiner haarigen Wade verbeißt. Buddy kann ihm nicht mehr helfen. Betsi Baller genießt Priorität, und Buddy kämpft sich mit ihr durch die zurückweichende Meute. Betsi Baller erwacht. Sie schlägt verzweifelt schreiend mit ihren Fäusten auf Buddy ein. Buddy droht, die Erde unter den Füßen zu verlieren. Betsi Baller gleitet seinen breiten Rücken hinunter, aber Buddy packt sie am Handgelenk und zieht sie hinter sich her. Zwei Schränke bauen sich vor Buddy auf. Durch ihre Brustwarzen silberne Ringe, die mit einer Kette verbunden sind. Buddy zielt mit seiner Beretta zwischen die böse funkelnden Augen des einen. Der andere sagt:

– Es reicht jetzt, Kleiner.

Buddy spürt, daß er in einer Falle sitzt. Noch ehe er abdrücken kann, landet ein Schlagring in seinem Gesicht. Ich taumele. Meine Hand löst sich von ihrem Handgelenk. Sie packen mich unter den Armen und schleifen mich nach draußen. Keine Spur von Betsi Baller. Ich schleppe mich zum Wagen. Um mich herum Kanonenschläge. Morgen oder an einem anderen Tag werden sie wieder umfallen wie die Fliegen. Mein linkes Auge schwillt zu. Ich starte den Ford Mustang und ziehe mich zurück. Buddy schwört ewige Rache. Niemand vergreift sich ungestraft an Buddy. Es wird schon hell, als Buddy endlich seinen Weg nach Hause findet. Niemand kann sich sicher fühlen. Das ist Buddys Trumpf. Er beschließt, ihn auszuspielen.

Es ist der erste Januar 2000, und seit 14 Uhr passe ich wieder auf die Bilder auf. Es muß leicht sein, ein Bild hier rauszubringen. Sie sind nicht gesichert. Kein einziges. Auch der Chagall nicht. Ich überlege, wie ich die Bilder hier rausbringen kann. Jan dreht neben mir den Adlerkopfring. Ich starre auf Adolf Hitler. Auf Holz. Auf einem Pferd. Der Fahnenträger. Ich wette, daß das Bild von Monty Python ist. Eine Fälschung. Und unter dem Auge die Verletzung. Eine Wunde. Ein Besucher fragt mich, wann und wie das Bild beschädigt wurde. Ich erzähle ihm, daß ein amerikanischer Soldat 1945 das Bild sah und wütend wurde. Dann hat er sein Bajonett in das Bild gerammt. Ich muß die Bilder hier rausschaffen. Ich muß DAS Bild hier rausschaffen: »Stalin nach dem Regen«. Ich frage Jan nach seinem Freund. Jan grinst mich an. Ich soll mich verpissen. Ich gebe Jan einen Blauen. Jan will seinem Freund Bescheid sagen.

LARS Jan ruft an und holt mich aus dem Koma zurück. Felix ist verschwunden. Ich schnalle nicht gleich, was los ist. Es ist der erste Januar, 20 Uhr, und Jan meint, ich habe drei Stunden Zeit, um 0 Uhr machen sie dicht. Ich sage, die Sache geht klar; er soll mir eine Karte hinterlegen. Der Wetterbericht verspricht Besserung. Ich glaube den Fuckern nicht. Mein Freund Roman Herzog hält seine Neujahrsansprache. Er appelliert an die Bürger. In diesem Punkt stimmen wir überein. Er liest einen Brief vor, den er bekommen hat. Seinen Neujahrsgruß. Ich fasse es nicht:

DIE FAMILIE IST DIE KEIMZELLE DES SOZIALISMUS. ALSO MUSS DIE FAMILIE ZERSTÖRT WERDEN.

Das Arschloch vergißt zu sagen, vom wem der Brief ist. Er meint, daß da was falsch verstanden wurde. Ein Plädoyer für die Familie, den Träger des demokratischen Rechtsstaates. Er betont: RECHTS. Das große Miteinander. Ich rufe beim Sender an und beschwere mich. Der Idiot sagt, daß das eine Aufzeichnung ist, daß man da nichts mehr korrigieren kann. Ich setze ihn auf meine Liste. Keine Nachricht von Hakan. Ich werde mit ihm reden müssen. Ich gehe raus. Überall auf den Straßen die Spuren von den Unfällen der letzten Nacht. Im U-Bahnhof Kottbusser Tor setzt sich ein 12jähriger Junkie seinen letzten Schuß. Der Security Service wirft ihn raus, weil er hier unten nicht krepieren darf. Ich steige Hallesches Tor aus und laufe die Stresemannstraße, Richtung Potsdamer Platz. Ein paar Creeps besetzen einen Adria-Grill, was einen Tumult auslöst. Der Adria-Griller will die Creeps nicht in seinem Laden haben und versucht, sie rauszuschmeißen. Die Creeps schlagen den Laden kurz und klein. Mein Blick fällt auf das Telekomhochhaus. Ein potentielles Ziel. Ich mache eine Notiz. Im Gropius-Bau muß ich wieder an der Schwuchtel und dem Türken vorbei, die sich kaum noch auf den Beinen halten können. Der Türke gibt gerade ein Fernsehinterview. Er labert irgendeine Scheiße von echter Anstrengung, für die aber gute Kohle reinkommt, und daß in einer Woche ja eh alles vorbei ist. Er verpaßt die Chance seines Lebens. Ich setze ihn auf meine Liste. Jan arbeitet in dem Raum, in dem Hitler eine Rede schwingt und dazu das Horst-Wessel-Lied läuft. Wir geben uns Fünf, und ich frage ihn, was los ist. Wir gehen einen Raum weiter zu Nico, und ich befürchte, daß er wieder mit seiner Fred&Betsi-Scheiße anfängt. Der Typ fängt an zu zittern und weigert sich, mich anzugucken. Jan meint, daß wir uns zur Sonne verziehen sollen, daß er sich um die Räume kümmert. Ich habe keine Ahnung, wovon er spricht. Nico fährt mich einen Stock höher, durch irgendeine geschlossene Abteilung, durch tausend Türen und Gänge und noch einen Stock höher, auf eine Art Zwischendach, das man von unten für das eigentliche Dach hält: die Glaskuppel des Innenhofes, über der die Scheinwerfer installiert sind. Die Sonne. Nico ist offensichtlich paranoid, weil er nicht eine Sekunde stillhält. Er fragt mich, ob ich das Bild »J. W. Stalin und K. E. Woroschilow im Kreml nach dem Regen« von Alexander Gerassimow gesehen habe. Ich frage ihn, ob das dieser Riesenschinken ist, und er sagt:

– Ja. Das Bild muß hier raus.

Er hat einen Totalschaden. Ich tue ihm den Gefallen und frage ihn, warum.

– Es ist eine Fälschung. Unter der Farbe verbirgt sich die zweite Hälfte der Formel.

Ich spiele mit:

– Richtig, die Formel. Wo ist die andere Hälfte?

– Du weißt schon, Betsi Baller.

Der Kerl ist verrückt. Er gefällt mir. Nico hört nicht auf:

– Das Problem ist, wenn das Bild verschwindet, erklärt Moskau uns den Krieg. Die Offiziellen wissen auch nicht, daß es eine Fälschung ist. Für die ist das Gemälde eine Reliquie. Die können sie nicht einfach so verlorengeben.

– Verstehe.

Ich verstehe überhaupt nichts. Die Sache fängt an, mich zu interessieren,

– Wie willst du das Bild hier rausschaffen? Ich meine, es ist das verdammt größte Bild, das hier rumhängt.

– Das Bild ist nicht gesichert.

Nico ist ein schwerer Fall.

– Ich meine, daß das Ding vor allem scheißgroß ist. Und was soll ich damit, wenn es eine Fälschung ist und keine Kohle bringt?

Nico starrt mich an, und ich fürchte, daß er anfängt zu heulen.

– Jan hat alle Schlüssel.

– Wie kommt der Fuck an die Schlüssel?

– Er hat sie.

– Warum nehmen wir dann nicht einfach den Chagall?

Nico verzweifelt. Ich verspreche ihm, über die Sache nachzudenken.

– Es geht um unser Leben, weißt du.

Ich klopfe ihm auf die Schulter und sage, daß ich das weiß. Jan steht vor dem Foto einer armenischen Kulturdelegation um 1930. Man sieht die Rücken von zwei armenischen Volkstänzern auf dem Roten Platz. Ich denke an Hakan, und mir wird schlecht, weil das einfach zu viel auf einmal ist. Jan fragt, ob alles klar ist. Ich habe keine Ahnung, ob er überhaupt weiß, was Sache ist. Ob Nico ihn schon eingekauft hat. Wir machen ein Date mit Nico aus. Nico zittert immer noch. Ich mache, daß ich rauskomme, winke mir ein Taxi ran und fahre zu Hakan. Telekom oder Stalin im Regen. Ich muß mich entscheiden, weil ich offenbar verrückt geworden bin.

HAKAN Es ist der erste Januar, kurz vor 23 Uhr. Ich habe mir für 2000 einiges vorgenommen. Ich will daran festhalten. Ich stehe auf Prinzipien. Ich schließe Lars die Tür auf, weil ich ihm das klarmachen muß. Er hat ein Recht darauf. Bilde ich mir ein.

– Hi, Hakan.

– Hi.

– Wie läuft's?

– Ich bin okay.

Lars ist komisch drauf. Ich habe ihn so noch nicht erlebt. Das kotzt mich an. Er verunsichert mich. Das kann er gut. Aber ich muß mit ihm reden. Ich habe keinen Bock mehr auf den Scheiß. Er macht den Anfang:

– Weihnachten vorbei?

– Geschenkt.

– Okay.

Pause. Er will was, spielt aber stumm. Das nervt. Ich weiß nicht, wie ich anfangen soll.

– Hakan?

– Was ist?

– Ich glaube, ich bin verdammt verliebt in dich.

– Ich weiß.

– Das hält kein Mensch aus.

– Was willst du von mir?

– Was ich von dir will?

– Ja, was willst du?

– Scheiße, man.

Ich bin ein Idiot. Ich kriege mein Maul nicht auf.

– Hör zu, Lars ...

– »Hör zu, Lars ...«, redest du mit einem Behinderten, oder was?

– Ich kann das nicht.

– Was kannst du nicht?

Ich möchte ihm in die Fresse schlagen.

– Ich steh nicht auf diese Schwuchtelkacke, kapiert?

– Nein.

Ich verstehe nicht, warum das Arschloch so ruhig bleibt.

– Ich bin schwer von Begriff, du mußt es mir erklären. Komm schon, Hakan, erklär es mir.

Ich bringe ihn um.

– Ich will nicht mit dir ficken, und selbst wenn ich auf jeden Schwanz in der Stadt abfahren würde, selbst wenn du das einzige menschliche Wesen auf der ganzen Welt wärst – mit dir nicht! Ist das deutlich genug? Wir haben nichts, absolut nichts gemeinsam. Du machst mich krank mit deiner Fatalismusscheiße, deinem ganzen abgefuckten Geschwätz. Ich habe noch eine Idee von meinem Leben hier, und ich glaube daran. An Prinzipien und, schlag mich tot, an das Recht und die Demokratie. Ich lebe hier ganz gut, und ich habe nicht vor, daran etwas zu ändern. Ich habe nicht vor, meinen Untergang mit dir zu inszenieren. Knall dich von mir aus zu, kotz rum und piß die Leute an, aber laß mich damit endlich in Ruhe. Und ich bin verdammt noch mal nicht schwul!

– Das beeindruckt mich jetzt wirklich. Hast du das auswendig gelernt?

– Fick dich.

– Ich meine, du hast wirklich keine Ahnung. Was soll der ganze Mist? Seit wann bin ich ein Fatalist? Du weißt nichts, du weißt doch absolut überhaupt nichts von mir.

– Weil ich es nicht wissen will.

– Du meinst also, der rechtschaffene Herr Anwalt will nichts mehr von Mister Loser wissen.

– Bingo.

Er geht nicht auf mich los; er zertrümmert nicht die Wohnung; er sitzt ganz ruhig da. Mir ist schlecht. Ich will, daß er endlich geht, aber ich sage nichts.

– Weißt du eigentlich, daß du den schönsten Rücken der Welt hast?

– Vergiß es.

So einen Rücken kann man nicht vergessen.

Er steht auf, küßt mich auf die Wange, ohne mich sonstwie zu berühren, und geht. Ich muß mich übergeben.

3

3. 1.–7. 1. 2000

LARS Seit Hakan ein Arschloch ist, höre ich ununterbrochen türkische Popmusik. Ich sitze mit meinem Walkman auf der Toilette zwischen erstem und zweitem OG im Gropius-Bau und warte darauf, daß Jan mich rausholt. Er hat Schließdienst. Wir haben ca. zehn Minuten Zeit, um die Sache durchzuziehen.

Ich hocke auf Jans Schultern und schlitze mit einem Jagdmesser die Leinwand auf. Die Museumsfucker haben das Bild ziemlich hoch gehängt. Wir müssen auf den Himmel und Stalins Mütze verzichten. Ich schneide nur die erreichbare Leinwand aus dem Rahmen raus. Jan läßt mich runter. Wir rollen die Scheiße zusammen. Die Farbe bröckelt. Wir schleppen die Leinwandteppichrolle hinter die Stellwand und werfen sie aus dem Fenster. Nico verstaut sie in einem Transporter. Keine Ahnung, wo er den aufgetrieben hat. Acht Minuten. Ich drücke Jan eine Dose blauen Spraylack in die Hand und sage, er soll ein Zeichen hinterlassen. Er fragt:

– Was für ein Zeichen?

Ich schlage V für Victory vor. Jan sprüht ein V in den Rahmen, im Glauben, es steht für Victory. Er schließt das 1. OG ab, und wir mischen uns unter die aufbrechenden Museumswärter in der Garderobe. Jan, die Schließkraft, hat der letzte Mann zu sein. Niemand wundert sich. Verzögerungen sind normal. Wir gehen mit den anderen durch die Pförtnerloge. Jan trägt sich aus der Liste aus. Wir steigen in den 129er, fahren bis Heinrichplatz und treffen Nico im »Roses«. Er klammert sich an der Theke fest, weil ihn die Krankenschwestertravestie an den Zapfhähnen irritiert. Ich bin angenervt, weil das Ding so unspektakulär gelaufen ist. Nico meint, kein Schwanz hat sich um ihn und seinen Transporter am Südtor gekümmert. Ich schlage vor, morgen abend den Chagall rauszuholen. Jan und Nico zeigen mir den Finger. Ich gebe der Krankenschwester die türkische MAYA-Kassette und bitte sie, das Tape einzuwerfen. Allmählich kommen ein paar Wärter zum Museums-Chill-Out rein und verschaffen uns unser Alibi. Jan gibt Nico seine Kontonummer. Ich bin mir sicher, daß letztlich Tom für Jan bezahlt, und lache mich tot. Die Schwuchteln und Lesben im »Roses« fangen an rumzuknutschen. Ich setze das »Roses« auf meine Liste. Die Krankenschwester gibt mir das MAYA-Tape zurück, weil Türken-Pop sie anödet. Ich zahle die Rechnung. Vier Stunden später schaffen wir den Gerassimow in Nicos Wohnung. Nico weiß noch nicht, daß Stalins Mütze fehlt.

FELIX Anna kommt aus Gran Canaria zurück, und Tom ist noch nicht da. Sie fragt, was ich so getrieben habe. Ich sage:

– Alles mögliche.

Mehnert sitzt im Wohnzimmer und trinkt Portwein. Ich kann den alten Sack nicht ausstehen. Ich sage Anna, daß ich heute nacht bei Button penne, obwohl ich ihn seit drei Tagen nicht gesehen habe. Ich erkläre Anna, daß es für Tom okay ist, und sie ist traurig, weil ich mich schon wieder verdrücke. Mehnert sagt:

– Der Kleine wird flügge.

Er hat Glück, daß ich ihm nicht die Fresse einschlage. Ich habe keine Ahnung, wo ich hin soll. Ich bleibe vor dem »Yorck« stehen. In der Spätvorstellung läuft »HASS« von Mathieu Kassowitz. Der Fucker an der Kasse fragt, wie alt ich bin, und verkauft mir trotzdem ein Ticket. Der Film macht mich an, und als ich rauskomme, weiß ich nicht, wo ich mich abreagieren soll. Ich fahre in Richtung Paul-Lincke-Ufer, in der Hoffnung, daß Lars da ist und Bock hat, mich zu sehen. Am Kottbusser Damm ist ein Wasserrohr geplatzt. Irgendeine Hauptleitung. Die Gülle läuft hektoliterweise auf die Straße. Ein bestialischer Gestank. Die ganze Scheiße friert ziemlich schnell ein. Die Einsatztruppen wissen nicht, ob sie die Rutschbahn mit Salz aufweichen sollen, um sie abzusaugen. Die längste Scheißeisbahn der Welt. Lars ist nicht da. Ich rufe im »Nansen-Eck« an, aber keine Spur von Button. Bei seinen Alten probiere ich es erst gar nicht. Ich erinnere mich, daß Lars was vom »Myslyvska« erzählt hat, und laufe zur Schlesischen Straße. Ecke Falckensteinstraße machen mich zwei Glatzen an. Sie sind total besoffen, sonst hätten sie sich nicht hierher verirrt. Aber der eine hält mir jetzt eine abgebrochene Bierflasche an den Hals. Ich habe Scheißangst und traue mich nicht, ihm in die Eier zu treten. Der andere schüttet mir sein Bier überm Kopf aus, wird aber auf einmal panisch und rennt weg. Der Typ mit der Flasche an meinem Hals schnallt nicht, was los ist. Sinan klemmt ihm von hinten seinen Unterarm unters Kinn und drückt zu. Die Glatze läßt die Flasche fallen, um sich zu befreien. Ich versenke meine Fäuste in seinem Magen und trete ihm doch noch in die Eier. Sinan läßt ihn los, und die Glatze verpißt sich. Ich kenne Sinan aus der Schule, aber wir haben noch nie geredet. Er drückt ein Taschentuch auf meinen Hals. Ich merke jetzt erst, daß ich blute. Sinan meint, daß der Schnitt nicht tief ist, und fragt, ob ich gegen Tetanus geimpft bin. Ich sage:

– Klar, man,

obwohl ich keine Ahnung habe. Wir gehen zu ihm nach Hause, weil er die Wunde desinfizieren will. Ich finde das uncool, aber die Scheiße brennt, und Sinan scheint ganz okay zu sein. Wenn Button mich jetzt sehen würde, gäb's eine aufs Maul. Sinan macht uns einen Tee. Seine Alten tun so, als wär ich gar nicht da. Sinan meint, daß ich bei ihm übernachten kann. Ich gebe ihm Fünf, und die Sache geht in Ordnung für mich.

PAUL Mein alter Freund Dr. Björn Heckert, Direktor vorn Gropius-Bau, ruft mich an. Er ist außer sich. Der Gerassimow »Stalin und Woroschilow im Kreml nach dem Regen«, Leihgabe aus Moskau, wurde gestohlen bzw. zerstört. In einer Stunde ist eine Krisensitzung mit dem Regierenden Bürgermeister, der bereits Bonn verständigt hat. Heckert bittet mich als Vertreter der Medien dazu, obwohl absolute Nachrichtensperre verhängt ist. Ich verspreche ihm, zu dem Treffen zu kommen und die Sache unter Verschluß zu halten. Ich frage ihn, ob das russische Konsulat bereits verständigt wurde. Hekkert verliert die Fassung:

– Paul! Die Russen sind die letzten, die davon erfahren dürfen!

Ich lege auf. Es ist unwahrscheinlich, die Angelegenheit länger als 24 Stunden zurückhalten zu können. Zu wollen. Heckert, mein alter Freund, ist eine aufgeschwemmte, rotköpfige Schwuchtel, die einfach nicht das Format hat, eine solche Krise zu bewältigen. Dem Regierenden fehlt ebenfalls die Kompetenz. Ich lasse mir eine Verbindung nach Bonn machen, um ein paar Dinge vorab zu klären und die richtigen Leute zu instruieren. Ich sichere mir die Exklusivrechte. Für den frühen Abend mache ich einen Termin mit dem russischen Konsul Kafelnikow aus.

NICO Ich will auf die Bilder aufpassen, aber die Oberaufsichten lassen uns nicht in die Räume. Dr. Heckert, der Museumsdirektor, läuft mit hochrotem Kopf und ketterauchend durch den Einlaßbereich. Sämtliche Kuratoren sind versammelt und erklären den draußen Erfrierenden, daß das Museum aus betriebstechnischen Gründen vorerst 24 Stunden geschlossen bleibt. Jan dreht an seinem Adlerkopfring und grinst. Zivilbeamte notieren unsere Namen. Ich frage, ob sie vom BKA sind. Ich werde in das Pressebüro geführt und verhört. Buddy ist sich sicher, daß sie vom BKA sind, und sie fragen mich, wie ich darauf komme, daß sie vom BKA sind. Ich sage ihnen, daß ich Privatdetektiv bin. Sie wollen meine Lizenz sehen.

– Ich habe keine Lizenz.

Jan kommt dazu. Er erklärt ihnen, daß ich einen Dachschaden habe, Paranoia. Buddy grinst. Sie lassen sich von Jan den gestrigen Abend rekonstruieren. Jan sagt, daß er um 0 Uhr 15 die letzte Tür im 1. OG dichtgemacht hat, kein Mensch mehr oben gewesen ist und er mit den anderen um 0 Uhr 25 das Gebäude verlassen hat. Er will wissen, was überhaupt los ist. Die BKA-Beamten schweigen. Wir dürfen gehen. Ich fordere Jan auf, mit mir einen Kaffee zu trinken. Er lehnt ab. Ich sage ihm, daß der Gerassimow doch keine Fälschung ist. Jan trinkt einen Kaffee mit mir.

– Es ist keine Fälschung. Ihr habt das Original zerstört. Es ist nirgends eine Formel zu entdecken, und es ist unwahrscheinlich, daß sie sich unter Stalins Mütze befindet.

– Und was bedeutet das für uns? Ich meine, dann können wir doch abzocken.

»Er hat sich sein Hirn rausgekifft«, denkt Buddy.

– Wir waren zu spät, Jan. Sie sind uns zuvorgekommen.

– Wer?

– Das müssen wir Fred fragen.

– Wer ist Fred, du Spinner?

Buddy mustert Jan. Er glaubt ihm. Fred hat sie beide getäuscht. Ich stoße gegen meine Tasse Kaffee. Die Plörre fließt auf Jans Schoß. Er springt auf und zieht Leine. Ich weiß nicht mehr, woran ich bin. Buddy beschließt, sich auf die Suche nach MISS MEGATRANCE und THE RAVEMAN zu machen.

LARS Jan ruft an und sagt, daß Nico durchdreht. Er behauptet, wir hätten das Original erwischt. Ich denke an die Russen, die ihre Raketen in Stellung bringen. Jan will, daß wir uns eine Zeit lang nicht sehen. Ich frage ihn, woher ich mein Koks kriegen soll, aber das ist ihm egal. Er warnt mich vor Nico, weil der glaubt, daß ich Fred bin und Fred die Fälschung hat, also die Formel. Mir geht es schlecht, weil ich das Gefühl habe, daß die Welt platzt und ich nicht wirklich dafür verantwortlich bin. Ich komme zu der Überzeugung, daß Nico schizophren ist. Ich überlege, wie ich das ausnutzen kann.

PAUL Ich stehe mit Direktor Björn Heckert sowie dem Regierenden Bürgermeister, einigen SOKO-Ermittlern und meinem Mann aus Bonn vor der Unglücksstelle und begutachte den zurückgelassenen Ausschnitt. Stalins Mütze hängt über einem V. Heckert vermutet ein politisches Attentat von Linken, die den Rechten die Schuld zuschieben, oder von Rechten, die den Linken die Schuld zuschieben. Ein SOKO-Beamter erklärt ihm, daß die Dolchstoßtaktik längst veraltet ist. Das eigentliche Problem sind die Russen. Mein Mann ahnt nicht zu überwindende diplomatische Schwierigkeiten voraus. Heckert will die Russen aus dem Spiel lassen. Ich halte das für unmöglich und mache darauf aufmerksam, daß ich nicht gewillt bin, die Nachrichtensperre zu tolerieren. Heckert schreit:

– Das bedeutet Krieg!

Aber niemand außer ihm glaubt, daß irgend jemand wegen einem Bild einen Krieg anzettelt. Selbst die Russen nicht. Heckert sagt:

– Das war Gerassimows »J. W. Stalin und K. E. Woroschilow im Kreml nach dem Regen«.

Wir beschließen, die weiteren Beratungen ohne Dr. Heckert zu führen.

ANNA Ich habe grauenvolle zehn Tage auf Gran Canaria hinter mir, und mein linkes Auge ist wieder zugeschwollen, weil Tom zur Begrüßung wütend wurde. Er hatte Felix nie erlaubt, zu Button zu gehen. Ich mache einen Termin bei einem Rechtsanwalt, um die Scheidung einzureichen. Ich sitze vor dem Anwalt und denke an den Barmann, an dessen Namen ich mich nicht erinnere. Der Anwalt fragt, ob mein Mann mich geschlagen hat. Ich sage:

– Nein,

stehe auf und erkläre ihm, daß ich mich in der Tür geirrt habe. Ich gehe in die Bar, aber mein Barmann ist nicht da. Ich bestelle einen Wodka, in der Hoffnung, daß er noch kommt. Ich sehe Felix mit einem Jungen, den ich nicht kenne, draußen vorbeilaufen, drehe mich zur Seite und bete, daß er mich nicht sieht. Ich zahle den Wodka, stehe wieder auf der Straße und weiß überhaupt nicht mehr, was ich tun soll.

FELIX Ich sehe Anna aus einer Bar kommen. Ich glaube, sie torkelt. Sie trägt ihre Sonnenbrille, und mir ist klar, daß Tom sich wieder ausgetobt hat. Ich frage Sinan, ob er schon mal daran gedacht hat, jemanden umzubringen. Er sagt:

– Nein

und fragt, wen ich umbringen will.

– Meinen Vater.

– Warum?

– Er ist ein Schwein. Er schlägt meine Mutter.

– Schlägt er dich auch?

– Nein. Er versucht es.

Sinan sagt:

– Scheiße.

Und ich frage ihn, ob er Lust hat, ins Kino zu gehen. Ich lade ihn ein, und wir sehen uns »HASS« von Mathieu Kassowitz an.

PAUL Der russische Konsul bietet mir zum Nachtisch einen Portwein an. Ich erzähle ihm, worum es geht. Er schweigt. Ich wundere mich, daß er die Nerven behält. Dann lächelt er mich an. Er erklärt mir, daß der Gerassimow im Gropius-Bau eine Fälschung war, eine sehr gelungene:

– Wissen Sie, die Ausstellungsmacher sind sehr naiv. Wir würden das Original dieses Bildes niemals nach Deutschland vergeben. Es gibt gar keinen Grund. Für uns hat dieses Gemälde einen gewissen ideologischen Wert, auch wenn dieser heute in einigen Kreisen sicherlich überschätzt wird. Wir sind informiert über die Qualitäten des Martin-Gropius-Baus, des Herrn Dr. Hekkert. Ich will damit sagen, ich bin nicht überrascht von diesem, sagen wir, Unfall. Ob nun dieses oder ein anderes Exponat, man mußte mit so etwas rechnen.

– Soll das heißen ...

– Sicher nicht. So viele »Fälschungen«, wenn Sie so wollen, können wir uns gar nicht leisten. Es ist ein kalkulierter Zufall, nun ja, Gerassimow, sagen wir, das haben wir uns geleistet. Aber wie dem auch sei, es wird eine nette kleine Reihe von Skandalen auslösen. Hekkert, Bonn, BKA es werden einige in nicht allzu positivem Licht erscheinen. Natürlich auch wir nicht. Man wird uns Ressentiments vorwerfen, aber der Unfall bestätigt letztlich unsere Vorsicht.

– Glauben Sie, der Unfall, wie Sie es nennen, ist politisch motiviert?

– Was spielt das für eine Rolle? Ich halte es kaum für denkbar. Wir sprechen hier über Museumskultur. Vergangenheit wird archiviert, konserviert, eine Ausstellung der Toten, wenn Sie so wollen. Wer regt sich darüber auf? Das ganze wird sehr schnell in Vergessenheit geraten.

– Das klingt etwas zynisch.

– Lieber Freund, all diese Dinge fallen unter die Kategorie des Zynismus. Oder wie erklären Sie sich ansonsten die verhängte Nachrichtensperre? Ich würde es natürlich sehr begrüßen, wenn eben Sie diese ignorieren würden.

– Das habe ich vor, aber ich wollte mich natürlich zuvor mit Ihnen verständigen.

– Ich habe Sie richtig eingeschätzt. Sie sind ein intelligenter Mann. Ich freue mich, daß Sie mir Ihr Vertrauen schenken. Darf ich fragen, wie weit Ihr Forschnungsprojekt in der Nova vorangeschritten ist?

– Sie kennen bereits die Details?

– Sie sagten dies, Sie sagten das . . .

– Sie entschuldigen, aber ich möchte jetzt noch nicht darüber sprechen, versichere Ihnen aber, Sie auf dem laufenden zu halten.

– Wir wären Ihnen sehr verbunden. Wir möchten mit Ihnen zusammenarbeiten.

– Das möchte ich auch. Sie wissen das.

– Wie sagt man bei Ihnen? Eine Hand wäscht die andere.

– Sie sagen es. Sie können sich auf mich verlassen.

Ich fahre zu Tom und berichte ihm diese unglaubliche Geschichte, stelle ihm meine Notizen zur Verfügung. Tom wirkt nervös. Anna und Felix sind nicht da. Er erkundigt sich eingehend nach dem V. Ich verstehe seine Beharrlichkeit ob dieses Details nicht. Ich erkläre ihm, daß die Identität der Täter sekundär für die Berichterstattung ist, aber er läßt nicht locker.

– Es ist sekundär, Tom.

Ich habe das Gefühl, daß Tom mir etwas verheimlicht, daß er etwas aussprechen möchte, das nicht über seine Lippen kommt. Ich hake nicht nach. Tom ist ein Problem. Ich habe das auf Gran Canaria verdrängt. Ich bereue schon, ihn beauftragt zu haben. Ich brauche eine Alternative. Ich entscheide, nicht auf Anna zu warten.

ANNA Ich sitze schon wieder in dieser Bar und zweifele allmählich an meinem Verstand. Der Barmann heißt Olli. Er hat mich daran erinnert und gesagt, daß er sich freut, mich zu sehen. Die panische Angst, daß Felix in diese Bar kommt. Der Wodka beruhigt mich ein wenig. Ich versuche, einen klaren Kopf zu bekommen, mein Leben zu überblicken. Aber das scheint aussichtslos. Vielleicht liegt es an diesem Ort, an Olli, daß ich mich nicht konzentrieren kann. Vielleicht konzentriere ich mich auch auf diesen Ort, auf Olli, nur daß ich mich dagegen wehre. Ich hatte gehofft, auf Gran Canaria etwas von mir zurückzugewinnen. Aber auch da spielte ich nur eine Rolle. Die, die Paul mir zudachte. In aller Abgeschiedenheit. Ich bestelle einen Wodka. Paul ist keine Alternative, auch wenn er drängt. Er hat nicht den Mut. Es ändert sich nichts. Ich muß einen klaren Kopf bekommen. Ich muß mich an mich erinnern. Olli fragt, ob ich auf ihn warten werde. Ich zucke zusammen. Das klingt so endgültig. Ich habe keine Zeit mehr. Er sagt, in einer Stunde ist er fertig. Jetzt verstehe ich ihn besser. Ich habe Angst. Ich sage ihm, daß ich Angst habe. Er muß sich um eine Bestellung kümmern. Ich muß zurück. Ich habe keine Wahl. Olli ruft mir ein Taxi. Er schreibt mir seine Telefonnummer auf. Ich stecke den Zettel in mein Portemonnaie. Ich spüre die Tränen in mir hochsteigen. Der Taxifahrer rettet mich vor einer peinlichen Szene. Olli küßt mich zum Abschied. Ich bleibe kalt. Draußen fange ich an zu weinen.

FELIX Ich verabrede mich für morgen mit Sinan und sehe zu, daß ich allmählich nach Hause komme. Sinan ist voll okay, aber ich weiß nicht, wie ich Button das klarmachen soll. Sinan meint, ich soll mich nicht unterkriegen lassen. Er gibt mir Fünf. Ich vertraue ihm. Im Wohnzimmer brennt noch Licht. Ich habe keinen Bock auf Streß und hoffe, daß es Anna ist. Tom sitzt vor dem Kamin und blättert irgendwelche Papiere durch. Er fragt mich, wie's bei Button war.

– Ich war nicht bei Button.

– Sieh an. Ein offenes Wort von meinem Sohn. Wie stellst du dir deine Zukunft in diesem Haus vor?

– Was willst du eigentlich? Ich hab Ferien, wozu machst du Streß?

– Auch wenn es dir nicht gefällt, noch habe ich ein Recht darauf, mich in dein Leben einzumischen. Ich dulde nicht, daß du deine Mutter gegen mich ausspielst. Ich dulde nicht, daß du dich endlos draußen rumtreibst.

– Und was gedenkst du dagegen zu tun?

– Wir sollten uns einmal unterhalten, mein Lieber.

– Das tun wir gerade.

– Ich habe zu tun. Ich möchte, daß du mich morgen aus der Redaktion abholst. Sagen wir, gegen 20 Uhr. Und Felix, das ist keine Bitte. Das ist ein Befehl, verstanden?

– Leck mich.

Ich gehe nach oben, um Anna zu sagen, daß es mir gutgeht. Sie liegt auf ihrem Bett, ist aber noch angezogen.

– Anna?

– Komm rein, Felix, mach die Tür zu.

Ich setze mich zu ihr aufs Bett. Sie streichelt mir über den Kopf

– Ich mache mir Sorgen um dich, mein Kleiner.

– Ich bin okay, Anna. Du mußt dir keine Sorgen machen.

– Hast du mich heute nachmittag gesehen?

– Ich . . . ja. Ich hab dich gesehen.

– Es tut mir leid. Es tut mir so leid.

– Ist alles in Ordnung.

– Wirklich?

– Versprochen.

– Wer war der Junge bei dir?

– Sinan. Aus der Schule.

– Was ist mit deinem Hals?

Sie streift über die Wunde.

– Es ist nichts.

Ich kann meinen Blick nicht von ihrem zugeschwollenen Auge lassen.

– Nichts ist in Ordnung, Felix. Überhaupt nichts mehr.

– Tom?

– Ich kann nicht mehr, mein Kleiner. Ich kann nicht mehr auf dich aufpassen.

– Ist okay, Anna, wirklich. Ich paß auf mich selber auf. Das weißt du doch.

– Ich brauche mir keine Sorgen zu machen?

– Nein. Es geht mir gut.

– Geh jetzt schlafen, mein Kleiner. Es ist schon spät.

– Okay.

– Gute Nacht, Felix.

– Nacht.

Ich schließe die Tür und gehe wieder runter. Tom sitzt noch immer vor seinen Papieren. Er bemerkt mich nicht. Ich bringe ihn jetzt um, aber ich weiß nicht, wie.

– Ist noch was, Felix?

– Du bist ein Schwein.

Er dreht sich zu mir um. Ich stehe einfach so da und kann mich nicht bewegen. Ich will ihn umbringen, aber ich weiß nicht, wie. Ich hasse mich. Ich merke, wie die Tränen hochkommen.

– Ist das alles, was du mir mitzuteilen hast?

– Du bist ein Schwein.

Meine verdammte Stimme zittert.

– Das habe ich gehört. Ob sonst noch was ist? Ich habe zu tun.

– Warum schlägst du mich nicht? Warum verprügelst du mich nicht einfach, du Schwein!

– Geh auf dein Zimmer, Felix. Es ist spät.

Tom wendet sich wieder ab und vertieft sich in seine

Scheiße. Ich gehe auf mein Zimmer, wie der letzte Idiot. Ich hasse mich. Ich hasse mich. Ich hasse ihn.

LARS Ich ziehe mit ein paar Briefen durch die Gegend, um sie einzuwerfen. Diese Woche sind es ca. 7000. Ich expandiere. Ich werde immun. Gegen die Kälte. Gegen die Dunkelheit. In Hakans Wohnung brennt Licht. Ich rufe an. Er nimmt nicht ab. Es stinkt bestialisch. Auch in dieser Gegend. Überall platzen die Rohre unter den Straßen auf. Ich laufe den Mehringdamm runter, um mir im »Bier-Express« den Rest zu geben. Vor dem »Yorck« ist ein Riesenpolizeiaufgebot versammelt, dazu ein paar Rettungswagen. Ich gehe hin, um zu sehen, was los ist. Die Sanitäter rollen auf ihren Bahren die Leute raus. Die meisten bluten aus irgendwelchen Stellen. Andere stützen sich gegenseitig und heulen. Die Bullen wissen nicht, wo sie anfangen sollen. Die Opfer werden aus dem Kinosaal, in dem »HASS« lief, rausgeholt. Ich frage eine Frau mit glasigen Augen, die offenbar unverletzt ist. Sie starrt mich an und hält die Hände vor ihr Gesicht. Ich will endlich wissen, was passiert ist. Sie schreit:

– Nicht schießen, bitte, bitte, nicht schießen!

Zwei Sanitäter packen sie unter die Arme und zerren sie zu ihrem Bus. Es gibt mehr Opfer als Bahren. Die meisten sind an der Brust, den Schultern oder am Kopf getroffen. Weitere Rettungswagen fahren vor. Die Bullen versuchen abzusperren. Sie wissen nicht, ob der Verrückte noch drin ist. Ich dränge mich an den kopflosen Idioten vorbei und gehe langsam die Treppe hoch. Die Leute, die noch laufen können, geben komische, wimmernde Geräusche von sich. Aus dem Klo kommt ein leichenblasser Typ und fragt, was los ist. Er hat gekotzt und alles versäumt. Ich weiß nicht, ob ich ihm glauben soll. Er sieht nicht wie ein Amokläufer aus. Ich habe keine Ahnung, wie ein Amokläufer aussieht. Ich gehe die zweite Treppe hoch und gucke in den Kinosaal. Der Filmvorführer hat über dem Chaos vergessen, den Film anzuhalten. Die Sanitäter fangen an, die Leichen rauszuschleppen. Die Bullen kriechen auf allen vieren und suchen unter den Sitzen. Vor der Leinwand hängt der Amokläufer. Unter ihm liegt sein Werkzeug, eine amerikanische M16. Auf seinen aufgehängten Körper wird der Abspann von »HASS« projiziert. Ein Bulle fordert mich auf, den Saal zu verlassen. Ich sage:

– Meine Frau . . .

Und er sagt:

– Bitte. Wir tun nur unser menschenmöglichstes.

Ich betrachte den hängenden Amokläufer, frage mich, wie er diese Selbstexekution hingekriegt hat, und denke, daß er sein menschenmöglichstes getan hat. Ich überlege, ob ich tanzen soll, weil mir der Song vom Abspann gefällt. Der Bulle tut so, als wäre ich nicht mehr da. Die Hinterbliebenen haben Narrenfreiheit. Bis ihnen die Sanitäter eine Beruhigungsspritze in den Arsch rammen. Damit erledigt sich die Sache. Ich denke, daß dieser Amokarsch es falsch gemacht hat. Hier stimmt etwas nicht. Es fehlt ein Abschiedsbrief. Ich stelle mich zwischen Leinwand und Erhängten und lasse einen meiner Briefe fallen. Draußen rückt die Spurensicherung an, und ich mache, daß ich rauskomme. Ein Reporter fragt mich, wie ich dem Inferno entrinnen konnte. Ich sage ihm, daß er keine Ahnung vom Inferno hat. Ich reiße seinem Kollegen die Kamera aus der Hand. Ich nehme den Film raus und zertrümmere den Apparat an der Hauswand. Der Fotograf schreit rum. Ich zeige ihm den Finger. Der Reporter widmet sich den Leuten auf den Bahren. Im »Bier-Express« bestelle ich doppelten Korn mit Bier. Die Creeps können sich kaum noch an den Tischen halten. Ich atme den Gestank ein und finde, daß es hier wirklich friedlich ist.

NICO In der Notaufnahme ist die Hölle los. Ich habe Glück gehabt. Offensichtlich nur ein Streifschuß. Oder ein Durchschuß. Mir wird schwindelig. Es gibt eine lange Warteliste. Ich habe keine Ahnung, was aus MISS MEGATRANCE und THE RAVEMAN geworden ist. Ich habe sie aus den Augen verloren, als die Kugel mich berührte. Eine Schwester bringt Tee und Sandwiches. Die Kantine der Überlebenden. Ich werde nicht ins Museum können. Und ich weiß nicht, wie der Film aussieht. Die vielen Menschen machen mich verrückt. Ich habe Angst, daß sie mich bemerken. Neben mir sitzt ein Türke, dessen Kopf notdürftig verbunden ist. An seinem rechten Ohr färbt sich der weiße Mull allmählich rot. Ich bin nicht allein, aber wenn er mich anspricht, falle ich in Ohnmacht. Auf dem Gang das Rollfeld der Schwerverletzten. Einige werden, in schwarze Plastiksäcke gehüllt, aus den Behandlungszimmern gefahren und mit dem Fahrstuhl ins Jenseits gebracht. Ich überlege, ob das der Film ist. Mir wird schwarz vor Augen. Die Leute fallen um wie die Fliegen. Der Türke fragt mich, ob ich eine Zigarette möchte. Ich huste in meinen Tee und verbrenne mir die Zunge. Er hält mir die geöffnete Schachtel hin. Ich nehme eine und kämpfe gegen die Tränen an. Wir rauchen zusammen. Die Schwester sagt, daß Rauchen verboten ist. Der Türke sagt, daß sie sich lieber um ihren Job kümmern soll. Sie entschuldigt sich. Der Türke und ich sind nicht schwer genug verletzt. Für uns wird das eine lange Nacht. Er sagt:

– Ich heiße Hakan.

Ich höre mich sagen:

– Ich bin Nico. Ich kann observieren. Ich habe keine Lizenz.

Er will wissen, wen ich im Kino observiert habe, und ich frage ihn, ob er weiß, was aus MISS MEGATRANCE und THE RAVEMAN geworden ist. Er schüttelt den Kopf und meint:

– Dreh bloß nicht durch, man.

Ich drehe nicht durch, aber ich finde Hakan verdächtig. Ein Arzt bleibt vor mir stehen, wirft einen Blick auf meine freigelegte Schulter und sagt:

– Das wird schon.

Das beruhigt mich nicht. Ich erzähle ihm von meinen Schmerzen, aber das interessiert ihn nicht. Buddy beißt die Zähne zusammen. Hier werden Schmerzen gegeneinander abgewogen. Ich habe keine Chance. Hier wird die ganze korrupte Welt zusammengefaßt. Eine Frau bekommt dementsprechend einen Weinkrampf. Hakan hält sich die Ohren zu. Ich beschließe, mich zusammenzureißen. Tom wird stolz auf mich sein. Hakan will telefonieren und fragt mich, ob ich ein 50-Pf-Stück habe. Ich habe ein 50-Pf-Stück für den Kakaoautomaten im Museum. Ich schüttele den Kopf. Buddy gibt Hakan sein 50-Pf-Stück. Buddy bleibt inkognito.

HAKAN: Ich versuche, Lars anzurufen, und weiß nicht, wie ich den Hörer halten soll. Ich fühle mich zum Kotzen, habe keine Ahnung, was von meinem rechten Ohr noch übrig ist, und halte das hier nicht mehr lange aus. Lars ist nicht da. Wenn ich ihn brauche, ist er nicht da. Ich setze mich wieder neben den Verrückten, der sich gerade mit einem Sandwich vollsaut. Kein Arsch kümmert sich um uns. Hier muß man halbtot ankommen, um eine Chance zu haben. Dem laufen die Tränen runter, aber ich habe keinen Bock, auf ihn einzureden. Ich frage trotzdem, ob er Schmerzen hat. Er reagiert nicht. Ich habe noch nie jemanden so still weinen sehen. Ich frage ihn, ob ich jemanden für ihn anrufen soll. Er sagt, daß er inkognito hier ist. Ich gebe es auf. Ich probiere es noch mal bei Lars, aber das Telefon nimmt das 50-Pf-Stück nicht mehr. Ich schreie einen Pfleger mit Blutkonserven unterm Arm an, warum man hier verdammt noch mal nicht wenigstens telefonieren kann. Er zuckt nur mit den Schultern. Ich hämmere gegen den Apparat, und er gibt nach. Lars ist nicht da. Von meinem Ohr tropft Blut auf den Hörer. Mir wird schwarz vor Augen.

ANETTE Tom ist übermüdet. Ich versuche, Ordnung in seinen Museumsartikel zu bringen. Er kapriziert sich auf die Frage nach der Bedeutung des Vs und konstruiert einen deutsch-russischen Konflikt. Ich stelle das Radio an. Sie berichten von V als Amokläufer, der in einem Kino sieben Menschen getötet und 25 zum Teil schwer verletzt hat, ehe er sich vor der Leinwand aufhängte. Sie verlesen seinen Abschiedsbrief

ZWEIFELN SIE AN SICH SELBST, UND TREFFEN SIE WEITERHIN KONFORMISTISCHE ENTSCHEIDUNGEN. SIE SIND EIN ASOZIALES GESCHÖPF, AUCH WENN SIE SICH BEMÜHEN, DAS GEGENTEIL ZU BEWEISEN. IN DEM MOMENT, DA ZWEI MENSCHEN AUFEINANDERTREFFEN, BEGINNT DER KRIEG. NOCH SEHE ICH NIEMANDEN. NOCH TREFFE ICH NICHT. DENN ABGESEHEN DAVON, DASS ICH BLIND DABEI WERDE, MACHE ICH AM LIEBSTEN DIE AUGEN ZU. TREFFEN SIE WEITERHIN IHRE KONFORMISTISCHEN ENTSCHEIDUNGEN. ZWEIFELN SIE. V

Ich muß lächeln. Ich sehe zu Tom, der eine Flasche Schampus köpft. Ich klopfe an die Scheibe, aber er ignoriert mich. Ich nehme den Brief, den ich heute morgen bekommen habe, und gehe zu ihm. Auch er hört Radio. Denselben Sender. Er fragt:

– Anette ... möchtest du?

Er reicht mir ein Glas. Ich lehne ab. Ich setze mich an seinen Schreibtisch, lege die Füße hoch und lese ihm meinen Brief vor:

ZWEIFELN SIE AN SICH SELBST, UND TREFFEN SIE WEITERHIN KONFORMISTISCHE ENTSCHEIDUNGEN. SIE SIND EIN ASOZIALES GESCHÖPF, AUCH WENN SIE SICH BEMÜHEN, DAS GEGENTEIL ZU BEWEISEN. IN DEM MOMENT, DA ZWEI MENSCHEN AUFEINANDERTREFFEN, BEGINNT DER KRIEG. NOCH SEHE ICH NIEMANDEN. NOCH TREFFE ICH NICHT. DENN ABGESEHEN DAVON, DASS ICH BLIND DABEI WERDE, MACHE ICH AM LIEBSTEN DIE AUGEN ZU. TREFFEN SIE WEITERHIN IHRE KONFORMISTISCHEN ENTSCHEIDUNGEN. ZWEIFELN SIE. V

Tom fragt mich, was das soll.

– Du kennst diesen Brief?

– Was soll das?

– Du hast auch einen bekommen?

– Ich frage dich, was das soll. Ich habe zu tun.

– Tom, bitte, was denkst du darüber?

– Na schön, wie du willst. Ich habe eine Story verloren. Ich werde keine Briefe mehr bekommen, und ich kann nicht behaupten, daß mich das stört.

Ich fixiere ihn. Er ist paranoid. Er ist gewöhnlich. Er sieht gut aus. Er hält meinem Blick nicht stand.

– Es war ein Verrückter, Anette, ein Verrückter. Im

nachhinein beruhigt es mich, daß ich nicht sein einziges Opfer war.

– Du warst sein Opfer?

– Das Opfer seines Briefterrors, ja. Wenn du mich jetzt bitte an meinen Schreibtisch lassen würdest.

– Er schreibt Briefe. Er zerstört ein Gemälde. Er exekutiert die Besucher eines Kinos. Er exekutiert sich selbst. Er hinterläßt einen Brief, der wahrscheinlich heute morgen in Hunderten von Briefkästen liegt. Das paßt nicht zusammen.

– Anette, ich bitte dich. Es ist nicht deine Aufgabe, die Zusammenhänge herzustellen.

Die Verbalattacke der vorgeführten Impotenz.

– Du irrst dich, Tom.

– Wie du meinst.

– Kennt man schon seine Identität?

– Wen interessiert das noch?

– Den Journalisten?

– Würdest du mich jetzt bitte in Ruhe arbeiten lassen?

– Gern. Was machst du heute abend?

– Bitte!

– Ich warte auf dich.

Ich schließe die Tür hinter mir und gehe zu Mehnert. Er meint ebenfalls, daß V ein Verrückter war und daß es nicht unsere Aufgabe ist, sich an weiteren Spekulationen zu beteiligen:

– Die Sache hat sich für diese Redaktion vorerst erledigt. Ich weiß nicht, warum Sie sich dafür interessieren, Anette.

Ich frage ihn, ob er Briefe von V bekommen hat. Er sagt, daß er sich nicht um alles kümmern kann. Ich empfehle ihm, ab und zu einen Blick ins Internet zu werfen. V interessiert mich, wie wahr. Die Sache hat an Reiz gewonnen. Etwas gerät in Bewegung:

ICH SCHEISS AUF DIE BEWEGUNGSLOSIGKEIT. ES GIBT KEINEN GRUND, SICH SICHER ZU FÜHLEN.

Ich fühle mich sicher. Weil V mich anzieht.

LARS Ich bin ein Attentäter. Ich habe mich selbst getötet. Ich schalte den Fernseher aus. Sie haben keine Ahnung, wer der Idiot war. Ich töte mich nicht selbst. Den Mord an mir begeht ein anderer. Die anderen. Ein Kollektiv. Ich bringe die Leute dazu, den Begriff des Kollektivs neu für sich zu entdecken. Ich bediene das Internet über die Umleitung in Australien. Inkognito.

V LEBT!

Ich gehe zum Fotogeschäft und hole den Film von dem Reporterarsch ab. »Negativ in einer Stunde«. Eine Überschrift für Hakan. Der Kottbusser Damm ist immer noch von einer gefrorenen Gülleschicht überzogen. Ich gewöhne mich allmählich an den Gestank. Er paßt. Ich gehe wieder nach Hause und halte die Negativstreifen gegen das Licht. Ich frage mich, was Nico mit Hakan im Kino zu schaffen hatte. »HASS«. Ich weiß nicht, ob ich das richtig sehe. Ich korrigiere das Licht.

Kein Zweifel. Nico. Hakan. Ich soll auf Hakan geschossen haben. Die Idioten haben wirklich keine Ahnung. Ich rufe Hakan an und frage, wie es ihm geht.

– Was glaubst du, wie es mir geht?

– Beschissen.

Er will wissen, woher ich das weiß.

– Intuition.

Er will mich nicht sehen. Ich fahre trotzdem zu ihm. V braucht einen Plan. Ich beschließe, eine Woche lang keine Briefe zu verschicken.

ANNA Nico ruft an. Er bittet mich, Tom auszurichten, daß er sich zusammenreißt:

– Es ist ein Durchschuß. Glatter Durchschuß.

Ich verstehe ihn nicht, fühle mich noch völlig zerschlagen, betrachte mich im Spiegel. Die Schwellung ist zurückgegangen. Ich hole den Zettel aus meinem Portemonnaie, wähle die Nummer, höre das Freizeichen. Olli meldet sich. Er ist überrascht. Ich bin es auch. Er lädt mich zum Frühstück ein. Ich frühstücke nicht. Ich sage zu. Ich stehe wieder vor dem Spiegel. Verzweifelt. Glücklich. Ich will nüchtern bleiben. Ich bleibe nüchtern. Es wird dunkel. Ich weiß nicht, wie lange ich schon so neben Olli liege. Er schläft. Immer wieder schlafen wir ein. Er ist warm. Er ist so jung. Ich streichele über seinen Kopf. Es ist dunkel. Er berührt mich. Ich schließe die Augen. Er ist aufgewacht. Ich genieße ihn. Und diesen Körper. Er fragt, ob ich schon von V gehört habe.

NICO Es ist ein glatter Durchschuß. Ich trete trotzdem meinen Dienst an. Der letzte Tag der Ausstellung. Es ist schon dunkel. Raum 219a. Ich halte das Funkgerät in meiner Hand und betrachte Stalins Mütze. Darunter ein V. Ich verstehe nicht. Das Funkgerät vor meinem Mund. Viele Leute vor dem V. Ich bin der Wärter. Wir lesen die Tafel, die sie neben das V gehängt haben:

»In der Nacht vom 5. 1. zum 6. 1. 2000 zerstörte ein psychisch kranker Mann ohne Motiv das Gemälde ›J. W. Stalin und K. E. Woroschilow im Kreml nach dem Regen‹. Einen Tag später tötete er unschuldige Menschen und anschließend sich selbst. Wir alle stehen in tiefer Schuld zu unseren russischen Freunden, die uns das Gemälde anvertrauten, das wir leider nicht besser haben schützen können.«

Ich bin der Wärter. Ich trage keine Schuld. Ich war nicht hier. Ich schwitze. Jan tippt mir von hinten auf die Schulter. Ich schreie auf. Wegen der Schmerzen. Ich frage:

– V?

Und Jan sagt:

– Keine Ahnung, man. Victory.

Buddy stellt die Verbindungen her. Sie ergeben keinen Sinn. Ich rufe die Oberaufsicht. Ich melde mich krank. Buddy verweigert die Aussage. Soviel steht fest.

FELIX Es ist kurz vor 20 Uhr. Ich warte beim Pförtner auf Tom. Ich weiß nicht, warum ich das mache. Tom kommt aus dem Fahrstuhl, neben ihm eine Frau im schwarzen Ledermantel, mit zurückgebundenen Haaren. Sie ist genauso groß wie Tom und flüstert ihm ins Ohr. Mir wird schlecht. Tom sieht mich, zieht sich von der Frau zurück und klopft mir auf die Schulter.

– Anette, das ist mein Sohn Felix. Felix, das ist Anette, sozusagen meine rechte Hand. Ich nicke ihr zu und stelle mir vor, wo seine rechte Hand normalerweise liegt.

– Hallo, Felix. Schön, dich kennenzulernen.

– Lernen wir uns kennen?

– Ich weiß nicht?

Sie lächelt mich an. Ein ziemlich aufregendes Lächeln. Ich frage Tom, was jetzt passiert. Sie sagt:

– Also, Tom?

Und Tom ist wie versteinert. Der letzte Trottel. Er meint:

– Also bis dann, Anette.

Sie zieht die Augenbrauen hoch. Ich weiß, was abläuft:

– Is schon okay, Tom. Ich kann ganz gut auf unser Date verzichten.

Anette lächelt mich schon wieder an. Tom packt mich

am Arm und zerrt mich raus. Wir steigen in seinen Wagen. Ich könnte kotzen. Er fährt in Richtung Kudamm, labert was von »Mann zu Mann«, und wir sitzen im »Diekmann's«. Er bestellt das Essen. Er fragt, was ich heute so getrieben habe. Ich sage ihm, daß ich mit Sinan französisch gepaukt habe. Er glaubt mir nicht, aber es ist mir scheißegal. Er will wissen, wer Sinan ist. Ich behaupte, daß Sinan mein Lover ist. Einfach nur, um zu sehen, wie er reagiert. Von Mann zu Mann. Er meint, daß ich ihn nicht auf den Arm nehmen soll.

– Ich verarsch dich nicht. Sinan ist mein Lover. Ich bin schwul. S C H W U L. Was dagegen?

Er glotzt mich an. Wie geisteskrank.

– Okay, Felix. Das reicht jetzt.

– Stimmt genau.

Der Kellner bringt die Getränke. Während er einschenkt, frage ich Tom, warum er meine Homosexualität nicht einfach akzeptieren kann. Der Kellner muß grinsen. Tom läuft rot an. Der Kellner zwinkert mir zu und schwenkt sein Tablett zurück zur Theke. Volltreffer. Tom weiß noch immer nicht, was er sagen soll. Wir sind unter Leuten. Hier kann er nicht auf mich eindreschen.

– Was willst du damit bezwecken, Felix? Was?

– Ganz einfach. Ich zerstöre die Familie.

Sein Gesicht wechselt die Farbe. Jetzt ist es gelblichweiß.

– Wie bitte?

– Die Keimzelle allen Übels – die Familie. Ich zerstöre sie.

Ich glaube, er verliert den Boden unter den Füßen. Den Abend hat er sich anders vorgestellt. Von Mann zu Mann. Er holt aus und trifft mich mit seinem Siegelring am Kinn. Ich fliege fast vom Stuhl. Der Kellner kommt und fragt mich, ob alles in Ordnung ist. Tom brüllt ihn an:

– Hier steht alles zum Besten. Ich unterhalte mich nur mit meinem Sohn. Wenn Sie uns bitte nicht weiter belästigen würden.

Der Kellner bleibt cool. Die anderen Gäste haben ihr Live-Erlebnis. Der Kellner fordert mich auf, mit ihm in die Küche zu kommen, damit er mein anschwellendes Kinn kühlen kann. Tom verliert die Fassung. Er springt auf, packt den Kellner am Kragen und schreit:

– Du faßt meinen Sohn nicht an, du Schwein! Haben wir uns verstanden?

Der Kellner schlägt mit seinem Kopf gegen Toms Stirn. Tom taumelt zurück. Der Geschäftsführer mischt sich ein und fordert Tom auf, das Lokal zu verlassen. Sonst will er die Polizei verständigen. Tom droht ihm, daß er ihn kaputtmacht, versucht, mich zu krallen, aber der Kellner verhindert das. Der Geschäftsführer und der Barkeeper zwingen Tom aus dem Laden raus. In der Küche drückt mir der Kellner einen Beutel Eis aufs Kinn. Er zwinkert mir schon wieder zu, und allmählich dämmert mir was. Er fragt mich, wie alt ich bin.

– Sechzehn.

Er bietet mir an, heute nacht mit zu ihm zu kommen. Nur solange, bis mein Vater sich beruhigt hat. Ich sage:

– Laß mich in Ruhe, blöde Schwuchtel, gebe ihm sein Eis zurück und mache, daß ich rauskomme. Ich nehme die U15 Richtung Warschauer Straße und hoffe, endlich Lars im »Myslyvska« zu treffen.

ANETTE Ich gucke durch den Spion, sehe Tom und lasse ihn rein. Er scheint verzweifelt. Mein Junge. Er fängt an zu reden. Ich höre zu. Ich notiere nicht mit. Vielleicht erwartet er das? Er faßt seine Lebenssituation zusammen. Kein Interesse. Ich öffne meinen japanischen Morgenrock aus Seide. Er darf. Es bleibt mein Spiel. Er versucht, zärtlich zu sein. Ich fordere ihn nicht heraus. Er wird glauben, mich befriedigt zu haben. Sich selbst genügen. Fortsetzung folgt. Lieber Tom.

– Meine Liebe ...

LARS Am Schlesischen Tor nageln die Bullen ein paar Kurden an die Wände und nehmen das »Bagdad« auseinander. Ich sehe Felix aus dem U–Bahnhof kommen und bemühe mich, ihn aus der Schlägerei rauszuhalten. Sein Kinn ist blaugeschwollen. Wir gehen ins »Myslyvska«. Der Abend bei Hakan lief nicht besonders. Ich bin skeptisch, ob Felix die richtige Abwechslung ist. Wir nehmen Bier, und er erzählt mir von seinem Streß mit Tom. Ich habe keinen Bock auf diese Scheiße:

– Und, Felix, was ist? Bist du schwul?

– Spinnst du?

– Was ist schon dabei?

– Ich bin keine Schwuchtel.

Das kommt mir bekannt vor. Der Kleine nervt. Er merkt, daß ich schlecht drauf bin, und weiß nicht, was er machen soll.

– Ich hab keine Lust auf Spielchen, Felix.

– Und was heißt das?

– Hast du schon von V gehört?

– Ja. Voll cool der Typ.

– Meinst du?

– Klar, man.

Er glaubt, er kann mich damit beeindrucken. Ich bin leergepumpt. Er fragt:

– Hast du eigentlich wirklich im Lotto gewonnen?

– Was sonst.

Eine beschissene Woche geht mit einem beschissenen Abend zu Ende.

– Soll ich mit zu dir kommen, heute nacht?

Ich weiß, daß ich einen Fehler mache, und sage:
– Ja.

Draußen jagen die Bullen gegen die heruntergeschlagenen Bäume. Oder das, was davon übrig ist.

2. Teil

Explosionen

1

19. 1.–20. 1. 2000

LARS

DIE ZEIT IST ABGELAUFEN. BEENDEN SIE IHREN MITTAGSSCHLAF. DIE KÄLTE UND DER STURM SIND KEIN HINDERNIS. REDEN SIE SICH NICHT HERAUS. DAS BLUT FLIESST TROTZDEM NOCH. DIE ZEIT IST ABGELAUFEN. KEINE FRAGEN MEHR. DER ANGRIFF LÄUFT. GEGEN DAS FUNDAMENT. GEGEN UNS SELBST. BEWEGEN SIE SICH JETZT. AUFBRUCH. NIEMAND SIEHT HIN. WEIL WIR BESCHÄFTIGT SIND. ICH BESCHÄFTIGE MICH MIT IHNEN. SEIEN SIE VERSICHERT. AUFBRUCH. ES IST SOWEIT. V

Es wird kälter. Der Frost reißt in vielen Straßen den Asphalt auf. Im Osten legen Risse den Müll frei, über den sie den Teer geschmiert haben. Wenn es wärmer wird, entwickeln sich Gase, und die Leute fallen um wie die Fliegen. Die Baustellen bleiben Ruine. Alles steht still. Und alle starren auf die Wetterkarte. Die Regierungsfucker sitzen in Bonn auf ihren gepackten Koffern. Und das kann dauern. Ich versorge sie mit Briefen. V. Ich fahre zum Anhalter Bahnhof. Noch hält die BVG ihre Busse, S- und U- Bahnen am Laufen. Flohmarkt am Anhalter Bahnhof. Die Jungs und Mädels saufen sich hinter ihren Ständen und Planen mit Grog zu. Jeder will überleben. Was für ein Schwachsinn. Die Polen sind das gewöhnt. Die Polen sind meine Leute. Die Polenconnection. Der Tip kommt von Jan. Ich gebe Andrzej ein Zeichen, und er nickt. Wir verziehen uns in sein Zelt, und ich zeige ihm die Scheine. Er zählt durch. Er macht den Koffer auf und erklärt mir die Scheiße auf polnisch. Ich gebe ihm einen Zettel mit der nächsten Bestellung und hoffe, daß ihm das irgend jemand richtig übersetzt. Ich fahre mit dem 348er bis Hallesches Tor, nehme die U1 bis Kottbusser und schleife den verdammten Koffer zu mir nach Hause. In meinem Briefkasten steckt ein Umschlag, obwohl Sonntag ist. Meine Wohnung wird nicht mehr richtig warm, und die Heizkörper glühen schon. Ich lasse die Rolläden runter, um die Sachen aus dem Koffer zu sortieren, aber es gibt nicht genug Strom auf der Leitung und die Lampen flackern. Ich verschiebe die Aktion auf später, lege mich aufs Bett, das noch nach Felix riecht, und mache den Umschlag auf:

V LEBT ÜBERALL. V

Die Sache ist ein Selbstläufer. Ich bin ein Selbstläufer. Ich lese mir das laut vor:

V LEBT ÜBERALL. V

Das habe ich nicht geschrieben. Mein Name steht nicht auf meiner Liste. Ich multipliziere mich. Ich fliege auf. Eins von beiden. Die Zeit ist abgelaufen. Es ist soweit.

FELIX Button fragt, ob ich mich für Geld ficken lasse.
Ich sage:
– Ja.

Wir wissen beide nicht, ob das ein Witz ist. Er boxt mich in den Magen, und wir ziehen in Richtung Osthafen, weil Button mir was zeigen will. Die ganze verdammte Spree ist zugefroren, und die Kähne stecken in der Scheiße fest. Unter der Elsenbrücke stehen ein paar Blechhütten, vor denen die Illegalen rumzocken, weil sich im Hafen nichts bewegt. Ich habe Angst und weiß nicht, was ich hier soll, aber Button grüßt die Idioten und staubt ne Schachtel Kippen ab. Direkt hinter der Brücke, am Spreeufer, liegt ein fauliges Boot, halb aufs Land, halb ins Eis geschweißt. Button springt auf das Teil und fingert an der Tür zur Kajüte rum. Ich traue mich nicht und bleibe am Ufer. Button kriegt das Ding auf und will, daß ich hinterherkomme. Button ist ein Idiot. Er hat keine Ahnung von Sinan oder Lars und dem ganzen Mist. Ich muß ihm klarmachen, daß er mich mal kann. Ich springe trotzdem auf das Boot und krieche zu ihm in die Kajüte. Er zündet eine Öllampe an, hockt sich vor eine Kiste und befiehlt mir, mich neben ihn zu setzen:

– Schwör, daß das unter uns bleibt. Schwör, daß du uns nie verraten wirst.

– Was soll das, Button?

– Was ist los mit dir, bist du mein Kumpel oder nich?

– Klar, man. Was sonst.

– Also, dann schwör.

– Scheiß aufs Schwören.

Er packt mich am Kopf und zieht an den Haaren. Dann klickt er sein Butterflymesser auf und hält's mir an den Hals. Das Gefühl kenne ich schon.

– Felix, kleiner Feigling, du kannst nich mehr zurück. Is schon zu spät, kapiert?

– Bleib cool, man.

– Ich bin cool, man.

– Okay.

– Okay, was?
– Ich schwör's.
– Na bitte, geht doch.
Er läßt mich los. Ich sage:
– Arschloch,
aber es ist ihm egal. Er hält sein Butterfly in die Ölflamme und dreht die Klinge hin und her. Ich frage ihn, was das soll, aber er ist auf nem anderen Trip. Er meint, ich soll ein bißchen Gras einrollen. Ich habe keinen Bock auf einen Kiff, will ihm aber nicht widersprechen. Ich baue den Joint, und Button dreht noch immer sein Messer durch die Flamme. Er holt ein Tintenfaß aus seiner Jackentasche und schraubt den Deckel ab. Ich rauche die Tüte an. Gras versetzt mir einen Schlag. Jedesmal. Ich ahne, daß ich das jetzt gut gebrauchen kann. Wir ziehen den Joint durch, und Button dreht die Klinge noch immer durchs Feuer. Ich sehe schon das Metall schmelzen. Gleich werden die Illegalen uns mit dem Kahn in die Luft jagen. Button drückt die Kippe aus und sagt, ich soll meinen linken Ärmel hochziehen. Ich weiß, was kommt, und hoffe, daß die Tinte schon gefroren ist. Mit einem einfachen Schwur gibt Button sich nicht zufrieden. Ich bin total bedröhnt und kann mich nicht wehren. Button taucht die Klinge in die Tinte und zieht sie noch mal kurz durch die Flamme. Er nimmt meinen Arm, dreht die Handfläche nach oben und schneidet ein kleines Kreuz in meinen Unterarm. Meine Augen tränen. Ich habe mit Button nichts mehr zu schaffen. Er wiederholt die Schnitte auf seinem eigenen Unterarm:
– Fertig, Bruder. Alles klar?
Button ist nicht mein Bruder:
– Alles klar.
Ich starre auf das Blut, das aus der Wunde quillt und sich mit der Tinte vermischt. Button stellt die Lampe von

der Kiste runter, holt einen Schlüssel raus und schließt die Kiste auf.

– Unser Wunder, Bruder.

Button sagt, daß das zwei Submachines sind. Eine Art Maschinenpistole mit Gewehrkaliber. Und Handgranaten. Ich gucke auf den Mist, und mir wird schlecht.

– Und, was sagst du dazu?

– Scheiße, man, heilige Hurenscheiße! Mach das Ding zu, Button.

– Bist du verrückt, oder was? Los, faß sie mal an, nimm sie raus, nun mach schon.

Button nimmt eins der Dinger raus und simuliert den bekifften Dschungelrächer. Ich will wissen, wo er die her hat, aber ich kriege mein Maul nicht auf. Mein Arm brennt, und ich wette, daß die Scheiße sich entzündet. Button beachtet mich nicht und spielt weiter mit seinem Ding rum. Ich bleibe cool und sage:

– Hej, Bruder, was machen wir jetzt damit?

– Keine Ahnung, man. Weiß noch nicht. Wird sich zeigen.

– Wird sich zeigen. Sag mir, wenn's soweit ist.

Ich gebe ihm Fünf, mein restliches Gras und verpisse mich. Zu Hause liegt Anna vor der Glotze. Keine Spur von Tom. Ich habe keinen Bock zu reden, und sie läßt mich in Ruhe. Ich gehe auf mein Zimmer und gucke mir mein neues Tattoo an. Die Wunde ist scheißrot und blau. Ich weiß nicht, was ich mit einem Kreuz soll, was ich noch länger mit Button soll. Ich frage Anna, ob sie blaue Tinte hat. Sie gibt mir welche. Ich zünde eine Kerze an und drehe mein Taschenmesser durch die Flamme. Anna klopft an meine Tür. Ich drehe die Musik auf. Ich tauche die Klinge in die Tinte und ziehe sie noch mal durch die Flamme. Ich lege meinen Arm frei und versuche, nicht zu zittern. Ich schneide zwei schräge

Linien um das Kreuz in meinen Arm. Ein V. Das Kreuz in einem V. Button bringt mich um.

ANNA Felix' Musik macht mich verrückt, obwohl ich ganz ruhig bin. Ich habe keine Angst mehr. Tom merkt das und hält sich zurück. Er ist kaum noch zu Hause. Ich bin kaum noch zu Hause. Zu Hause. Was für ein Gefühl. Ich sehe auf den Bildschirm und begreife das nicht. Neben mir das Telefon. Ich warte auf seinen Anruf. Allmählich beginnt das Zittern.

ANETTE Tom bespricht sich mit Mehnert. Sie scheinen einer Meinung zu sein. Sie kennen meine Meinung und wissen nicht, daß sie sie übernehmen. Ich klinke mich ins Internet ein. Ein hilfloser Versuch. Auf der Suche nach V. Keine Notiz. Sinnlos, einen Code zu erfinden, um sich zu ihm/ihr zu bekennen. Er/Sie wird es als Köder verstehen. Ich weiß nicht, wie ich recherchieren soll. Tom ist zu träge. Ich muß mich auf meine Intuition verlassen. Ein Schlag. Mein Trommelfell platzt. Die Glasscheiben vibrieren, drohen zu zerspringen. Tom und Mehnert stürzen aus dem Büro. Sie vergessen mich. Auf dem Bildschirm erscheint das Wort TELEKOM. Vom Redaktionsgebäude, Kochstraße, zum Telekomhaus, Stresemannstraße, ist es nicht weit. Ich greife mir Tom und ziehe ihn nach draußen. Er wehrt sich, halbherzig. Wir laufen in Richtung Stresemannstraße. Kochstraße, Ecke Friedrichstraße. Eine zweite Detonation. Der Boden unter unseren Füßen droht aufzureißen. Die Hände über unseren Köpfen. Ich verliere Tom, der flach auf dem Boden liegt. Ich schreie. Weil ich nicht sehen kann, ob er noch lebt. Das Beben läßt nach. Die Leute fliehen panisch über die am Boden Liegenden in den U-Bahnhof Kochstraße. Ich versuche Tom zu schützen, knie neben ihm. Er bewegt sich. Ich ziehe ihn hoch. Seine Augen flirren. Er begreift nicht, daß ich es bin, schlägt um sich. Ich schreie ihn an. Ich schlage ihm ins Gesicht. Er beruhigt sich. Eine seltsame Geräuscheflut. Die Menschen zwischen den Dingen, die auseinanderzubrechen drohen. Die Panik weicht der Schaulust. Vor dem Anhalter Bahnhof schrauben sich Rauchwolken in den Himmel. Telekom. Ich bin mir sicher. Ich zerre Tom in die Friedrichstraße. Landesarbeitsamt. Sie strömen aus dem Gebäude auf die Straße. Hustend, wimmernd, sich gegenseitig haltend. Man sieht das Feuer nicht. Man hört es nur. Die Rettungs-, und Löschfahrzeuge kommen nicht durch. Die Räder drehen sich auf der Stelle. Tom steht stumm da. Kein Retter. Ein Voyeur. Der Journalist. Gewöhnlich. Ich schweige auch. Jetzt züngeln Flammen aus den Fenstern der oberen Stockwerke. Ein beißender Geruch. Rauch, Gas. Einige springen aus den Fenstern. Wir weichen aus. Um uns herum das Chaos. Schlimmer als das Feuer selbst. Es fehlt die Ordnung, die ordnende Hand. Die Organisation. Der Befehl. Ich lache. Ein überflüssiges Gebäude bleibt im Überlebenskampf sich selbst überlassen. Das geeignete Ziel. Treffer. Niemand versteht mich. Ich lache für mich, allein. Tom hat genug gesehen. Wir schlängeln uns zurück und wähnen uns in Sicherheit. Tom weiß das. Daß er nicht mehr sicher ist. Bei mir. Auch nicht bei mir. Das weiß er nicht.

NICO Ich beaufsichtige den Aufbau der Afrika-Ausstellung im Gropius-Bau. Die beiden Detonationen drohen die Plastiken auseinanderzubrechen. Dr. Heckert kann sich nicht mehr darüber aufregen. Er arbeitet hier nicht mehr. Ich halte die Stellung. Ich habe mich rechtzeitig geschützt. Obwohl ich nur mit einer Detonation rechnen konnte. Das verwirrt mich. Die zweite Detonation. Mit der ich nichts zu tun habe. Auf der anderen Seite. Jan fragt, ob alles klar ist bei mir. Ich sage:

– Alles klar, man, wie läuft's bei dir?

Ein schönes Feuer. Ein wirklich schönes Feuer. Aus der Ferne betrachtet. Buddy hält den nötigen Abstand. Noch. Das hat er raus. Alles klar bei mir. Ich beende meinen Dienst. MISS MEGATRANCE und THE RAVEMAN warten schon auf mich.

TOM Anette träumt von einem Attentat. Sie ist ambitioniert. Journalistensehnsucht einer Sekretärin. Ich halte mich an die Fakten. Kein Zeichen von V. Keine Briefe. Die Sachen sind eine Nummer zu groß für ihn. Falls es ihn noch gibt. Es muß andere Erklärungen geben. Es gibt andere Erklärungen. Ein Unfall. Unfälle. Der gleiche Bezirk. Telekom und Landesarbeitsamt sind nicht weit voneinander entfernt. Ich bespreche mich mit Mehnert. Wir erledigen die notwendigen Telefonate. Die Leitungen stehen noch. Die Stadt zerbricht am Wetter. Meine These. Was sonst. Der Regierende Bürgermeister und der Innensenator bleiben ruhig. Kein Ausnahmezustand. Wie ich erwartet habe. Ich rufe Anna an. Alles in Ordnung. Ich weiß nicht, warum ich sie angerufen habe. Mehnert beauftragt einige Firmen, sämtliche Wasser- und elektronischen Leitungen, die Heizungen im Haus zu überprüfen. Das Öl wird knapp. Das ist alles, was dabei herauskommt. Ich gehe zu meinem Masseur. Solange sein Herz noch funktioniert. Heute darf er reden, soviel er will. Alles entspannt mich. Alles. Kein Brief von V. Sein eigenes Opfer. Vielleicht hat er mich vergessen. Ich verfluche mich. Ich muß mich entspannen. Ich werde meine Affäre mit Anette beenden. Ein Kündigungsgrund. Warum nicht? Anna scheint sich in den Griff zu bekommen. Alles läuft weiter. Wie bisher. Ich bin mir sicher. Der Winter kann nicht ewig dauern. Das ist sicher. Ganz sicher.

LARS Sie erzählen was von geplatzten Rohren, Kurzschlüssen. Für jeden Lügenarsch eine Anti-Personen-Mine. Die werden ausverkauft. Ich kaufe sie. Anti-Personen-Minen. Die können mich mal. Das Landesarbeitsamt fliegt in die Luft. Ich habe keine Ahnung, wer das war. Und da hat kein Idiot einfach nur mit Crackern rumgespielt. Sie kopieren mich. Meine Telekomsprengung. Minuten später ihre Kopie. Landesarbeitsamt. Eine Antwort. Keine Fragen mehr. D'accord. Ich habe Zeit. Viel Zeit. Die werden ersticken an meiner Zeit. Auf meinem Spielplatz werden die Trümmer beseitigt, und keiner weiß, daß ich das war und daß ich mit dem Landesarbeitsamt nichts zu schaffen habe. Ich rufe Hakan an:

– Geh mit mir raus.
– Was soll das?
– Zieh mit mir durch die Gegend.
– Vergiß es.
– Soll ich bitte sagen?
– Ich kann nicht.
– Warum nicht?
– Weil ich nicht allein bin, du Pisser.

Eine Anti-Personen-Mine für die Möse, an der er sich vergreift. Ich mache, daß ich rauskomme. Die Leute drehen durch. Wo man hinsieht. Alles geht seinen Gang. Wenn man nicht hinsieht. In ein paar Tagen werden Panzer die einzigen Fahrzeuge sein, die noch über die Straßen kommen. Jetzt kriechen die Bullen noch in ihren Mannschaftsbussen rum. Und sie vermehren sich. Jede Wette. So, wie ich mich vermehre.

Ich laufe die Wiener Straße Richtung Heckmannufer,

Eichenstraße zur »Arena«. Ich weiß nicht, wohin mit mir. Sie haben eine Kuppel über diese Stadt gestülpt. Jetzt atmen wir nur noch uns selbst. Und verrecken. Exemplarisch. Keine Fragen mehr. Ich scheiß auf jedes Wort, das in meinem Hirn rumfliegt. Wenn man anfängt zu verstehen. Was soll's. Auf der Schlesischen Brücke die ersten Freaks, Kids, Raver. Alles gemeinsam. Ich mische mich unter sie. Location »Arena«. Spirit Zone. Rave Nation. Die Bullen sperren ab. Großräumig. Wir lassen sie an uns herumfummeln, Arme hoch. Sobald mehr als hundert Leute an einem Ort auftauchen, wird abgesperrt, rumgefummelt, Arme hoch. Die einzige Gewißheit: daß die Bullen sich hier draußen heute nacht impotent frieren werden. Nur um mich vor mir selbst zu schützen. Drinnen haben sie die ganze Fläche der »Arena« freigegeben. 3000 m^2. Es ist noch früh, wenig Leute. Ich checke die Toiletten, um meine Nase aufzufüllen. Ich habe was zu feiern, wenn man so will. Ich komme langsam drauf. Jeder Beat eine Sprengladung. Das würde die Sache beschleunigen. Ich nehme Red Bull mit Wodka, falle nicht weiter auf. Die ersten Partyfreaks fangen an zu zucken. Das E wandert kiloweise über die Tresen. Guter Service. Hier denkt V:

WIEGT EUCH IN SICHERHEIT.

Ich sehe Felix. In seinem Schlepptau ein Türke. Felix steuert auf mich zu und stellt mir Sinan vor. Sinan grinst und sagt:

– Hallo.

Ich gebe den Jungs einen aus. Felix kratzt sich am Arm und hört nicht auf damit. Er fragt mich, ob ich E habe, und ich sage:

– Später.

Sinan zeigt auf zwei Girls und will, daß Felix mit ihm mitkommt. Die beiden verziehen sich. Ich sehe sie die Flocken anquatschen, ohne mich zu wundern. DJ The Raveman kündigt sich an. Neben ihm steht Nico auf dem Tower. Das wundert mich. Heiliges Familientreffen. Ich habe keine Ahnung, welcher Teil von Nico heute abend unterwegs ist, Nico oder Buddy. Ich verdrücke mich noch mal aufs Klo, für den Rest Schnee. Auf die Kabinentür ist ein großes V geschmiert. Darunter steht:

FOREVER

TOM Ich sitze mit Anna vor dem Kamin. Sie ist nervös. Ich bleibe ganz ruhig. Ich weiß nicht, wie lange wir hier schon sitzen, aber ich bleibe ruhig. Ich glaube nicht, daß sie was eingeworfen hat. Sie sieht mich an:

– Was willst du von mir, Tom?

– Mit dir reden.

– Wozu?

– Einen Anfang machen.

– Großer Gott.

– Bitte, Anna . . .

– Ich höre dir zu, ich höre dir doch zu.

– Darum geht es nicht.

– Ich weiß nicht, worum es geht.

– Um uns, es geht mir um uns. Wir müssen reden.

– Ja.

– Ich kann nicht mehr so weitermachen. Ich will dich, Anna, es muß sich was ändern.

– Es hat sich was geändert.

– Was?

– Alles.

– Was?

Sie starrt auf das Telefon neben ihr. Ich verstehe nicht,

worauf sie hinauswill, worauf ich hinauswill. Ich frage mich, warum ich diese Scheiße angefangen habe, aber bei Anna regt sich was.

ANNA Ich will, aber ich kann es ihm nicht sagen. Olli ruft nicht an, hat den ganzen Tag nicht angerufen. Ich weiß nicht, was ich machen soll. Tom ist ganz ruhig. Ich habe keine Angst. Ich rede mir das ein. Diese Nacht werde ich nicht überleben, auch wenn Olli noch anruft. Oder weil Olli anruft. Tom sieht mich an. Die Ruhe vor dem Sturm. Ich glaube, ich zittere. Er wartet. Ich kann es ihm nicht sagen. Er steht auf, kommt auf mich zu. Er setzt sich neben mich. Er faßt mich an. Ich zittere.

NICO THE RAVEMAN fängt an aufzulegen und meint, ich soll vom Tower verschwinden. Daß wir uns später sehen. Ich gehe zur Bar in der Main-Area und entdecke Fred Faser. Eine gute Gelegenheit. Seit der Pleite mit dem Gerassimow habe ich ihn nicht mehr gesprochen. Er ist mir noch ein paar Antworten schuldig.

LARS Nico sagt:

– Hallo, Fred,

zu mir und fragt, wo Betsi Baller steckt. Ich sage, daß ich keine Ahnung habe, daß sie aber bestimmt noch kommt. Er glaubt mir nicht. Er bleibt cool und grinst mich an:

– Okay, Fred, vergessen wir das für heute. Trink mit Buddy auf seinen Erfolg.

Ich stoße mit Nico/Buddy an. Ich frage ihn, was mit der Formel los ist. Er behauptet, selbst wenn die Russen Betsi finden, haben sie keine Ahnung, wo sie bei ihr suchen sollten. Ich will wissen, was für eine Formel das ist. Er lacht:

– Was ist los, Fred, willst du Buddy verarschen?
– Nein.
– Wer sind deine Auftraggeber, Fred?
– Das weißt du doch.
– Und sie haben dir nichts gesagt?
– Nein.
– Okay, Fred, okay. Du hast also wirklich keine Ahnung. Ich glaube dir. Buddy wird es dir erklären . . .

FELIX Nico steht bei Lars rum. Ich gehe trotzdem hin, weil ich den Babes gesagt habe, daß ich E bekomme, und es ist nicht sicher, ob ich Lars nachher noch finde. Ich sage:
– Hallo, Nico,
und frage Lars nach dem E. Nico stiert mich an, als ob ich sie nicht alle hab, zeigt mit dem Finger auf Lars, geht rückwärts und sagt:
– Okay, Fred. Alles klar. Ich habe verstanden.
Dann taucht er unter. Lars sagt:
Scheiße.
Ich weiß nicht, was das mit Nico und Lars soll, und frage ihn einfach nach dem E.
– Und, amüsierst du dich, kleiner Felix?
– Was soll der Scheiß?
– Vergiß es.
Lars ist wütend. Das nervt. Er gibt mir trotzdem das E, und ich verziehe mich zu Sinan, Darcy und Lale. Sie finden mich ziemlich cool, und es ist klar, daß Sinan auf Lale und ich auf Darcy stehe. Wir werfen das E ein, und ich hoffe, daß die Sache langsam in die Gänge kommt.

LARS Nico/Buddy ist abgetaucht. Felix und sein Kumpel baggern an den Flocken rum. Hier wird zuviel geredet. Hier sieht man zuviel. Keiner hat Bock auf Krieg, aber den bekommt man überall. Ganz klar.

– Everybody is in the house.

THE RAVEMAN kündigt MISS MEGATRANCE an. Ich hebe ab. Jeder Kopf eine Idee. Jeder Kopf ein Blutgerinnsel. Jeder Beat die Detonation einer Anti-Personen-Mine. 148 beats per minute. In jeder Pille E ein digitaler Mini-Cracker. Schlucken und platzen. Das Mega-Happening. Mega Mega Megatrance. MISS MEGATRANCE. Ich tauche unter. Tauche auf und tauche unter. 160 bpm. Jeder Beat die Bombe. Jeder Kopf ein V, und jedes V in meinem Kopf. Telekom und Landesarbeitsamt. Das simulierte Gleichnis. Absperren. Absperren. In jeder Hand ein Zünder. Der Einsturz der Kuppel. Glas. Glas. Trilliardstel Teile, Splitter, Glas. Weil man es nicht bekommen kann. Alles unerreichbar. Ich bin dabei. V. Inkognito. Aufruf. Aufruf. Megatrance.

– Everybody is in the house.

THE DIVER. Hier kommt THE DIVER. Anti-Personen-Minen. Absperren. Felix kriegt eine aufs Maul. Der Kleine, der vor zwei Monaten den Alten abgestochen hat, der sein Messer an meinem Schal abgewischt hat, der gibt Felix eine aufs Maul. Trance. Ich mische mich ein. THE RAVEMAN. THE RAVEMAN mischt sich ein. Wir krempeln den Kleinen unauffällig auseinander. Aufgeplatzte Augenbraue. Er findet sich draußen wieder und schreit rum, daß Felix das nicht überlebt. Ich tauche wieder auf. Felix im Arm von dem Girl. Ich tauche wieder unter. THE DIVER. Alles unauffällig. Keiner merkt was. MISS MEGATRANCE bemerkt:

– Is everybody in the house?

Yeah. V feiert. Niemand bemerkt mich. Jeder fickt sich in sein eigenes Knie. Go on, Megatrance.

FELIX Darcy nimmt mich in den Arm. Sie fühlt sich gut an. Lars ist wieder abgetaucht. Button hat mich nicht richtig getroffen. Keine Ahnung, was mit ihm los ist. Darcy will noch ein E. Ich hole Bier zum Runterspülen. Sinan zwinkert mir zu. Darcy macht mich verrückt. Wir schmeißen das E, und ich tauche weg.

ANNA Tom vergewaltigt mich vor dem Kamin. So kommt es mir jedenfalls vor. Ich sehe in die Glut. Er gibt sich sehr viel Mühe. Er sagt, daß wir zusammenhalten müssen. Ich nehme das hin. Ich denke an Olli. Seine Hände. Ich bleibe still liegen. Tom raucht. Er sagt, daß wir zusammengehören. Er sagt, daß Felix auf ein Internat kommt. Ich sage nichts. Er will wissen, wie ich mich fühle. Ich weiß es nicht.

FELIX Lars in meiner Nähe. Sinan schiebt mit Lale ab. Darcy ist auf ihrem eigenen Trip. Nico tanzt auf dem Tower bei MISS MEGATRANCE. Ich bin scheißwach. Totale Klarsicht. Ich will nicht wissen, was Lars mir wirklich verdealt hat. Ich habe Lust, ihm mein Tattoo zu zeigen. Ich traue mich nicht. Ich trockne langsam aus, nehme noch ein Bier.

Draußen wütet ein Sturm, und ich bin der einzige, der das hört: daß eine Glasscheibe zerknallt. Daß einer sich den Kopf hält. Daß ein eiförmiger Metallgegenstand in die Chill-Out-Zone gekickt wird. Daß das Ding zündet. »Can't do that« von Total Eclipse, MISS-MEGATRANCE-Mix. Alle möglichen organischen und unorganischen Teile fliegen durch die Luft. Der Megabeat. Die Bullen stürmen den Eingang. Ich bin ganz klar. In der Chill-Out-Zone schlafen die Leute weiter. Nur daß sie tot sind. Die Bullen knüppeln drauflos. Auf alles, was sich bewegt. Ich bin der einzige, der das hört. Ich bleibe ganz ruhig. Ich bewege mich nicht. Der Tanz wird aufgemischt. Alles ist zugeknallt. Nico der Vortänzer. Die Bullen und ihre Knüppel dazwischen. Darauf haben sie gewartet. Auf ihre Handgranate. Chill-Out. Der Sturm zieht ein. Sinan mit Lale und Darcy im Schlepptau. Lars, der »Scheiße« brüllt. 3000 Irre. Dazwischen die Knüppel. Ich bin ganz ruhig. Lars und Sinan schieben mich mit Darcy und Lale zum Klo. Lars schlägt eine Scheibe ein. Wir drücken uns raus und zerfetzen uns an den herumfliegenden Scherben. Draußen die Bullennachhut. Ich zähle zehn. Zehn zu fünf. Zwei Bullen für jeden von uns. Darcy schreit. Ich muß kotzen. Lars bleibt cool. Er hebt die Hände hoch. Wir machen ihm das nach. Ein Bulle schreit durchs Megaphon. Daß wir uns auf den Boden legen sollen. Ich bin der einzige, der das hört. Ganz klar. Der Sturm überdröhnt das alles. MISS MEGATRANCE, die die Regler bis zum Anschlag hochzieht. Die Bullen rücken in einer Kette auf uns zu. Drinnen fliegen die Fetzen. Und auf einmal sprengen die zehn Bullen auseinander. 100-Meter-Lauf der Orientierungslosen. Sie suchen die Lücke auf ihrem Weg ins Glück. Sie werden abberufen: drinnen fliegen die Fetzen. Da liegt ihr Einsatzgebiet. Kampfauftrag gegen 3000 Unbewaffnete, die keinen Bock auf so eine Scheiße haben. Lars nimmt die Arme wieder runter. Mir ist immer noch schlecht. Sinan kümmert sich mehr um mich als um Darcy und Lale. Toller Erfolg. Wer draußen ist, braucht keine Angst zu haben. Ich bin der einzige, der das gehört hat. Ich bin der einzige, der hier getroffen werden sollte. Das war Buttons Bombe. Jede Wette. Er hat unser Arsenal geplündert.

LARS Sinan bringt die Flocken nach Hause, und ich lasse mich von Felix zu dem Kahn am Osthafen lotsen. Ich will die Kajüte aufbrechen, aber Felix hält meinen Arm und sagt:

– Wenn du das machst, bin ich tot.

Er erzählt mir endlich von Button und dem Schwur. Er beleuchtet mit einem Feuerzeug seinen linken Unterarm und zeigt mir sein Tattoo. Ein Kreuz in einem V. Ich frage, ob das ein V sein soll. Er sagt:

– Ja.

Ich will das jetzt wissen, warum so ein Knirps sich ein V in den Arm schlitzt, aber es ist zu kalt hier, und Felix hat Angst. Ich sage, daß es nicht gut ist, die Waffen hierzulassen. Falls Button wirklich durchdreht. Felix meint, wir sollen den Bullen einen Tip geben. Das kotzt mich an. Toms Erziehung schlägt durch. Ich breche die Tür auf und hole eine Öllampe aus dem Kabuff. Ich zünde die Lampe an und frage Felix, ob er soweit ist. Ich glaube, er sagt:

– Okay,

und ich werfe die Lampe auf den Kahn, in die Kajüte. Wir rennen das Spreeufer hoch, Richtung S-Bahnhof Treptower Park. Als die Scheiße losgeht, hört sich das an wie ein Sylvesterfeuerwerk. Wir drehen uns um und sehen uns das Licht an. Um den Kahn rum schmilzt sogar das Eis, und er gleitet vom Ufer in das bißchen Wasser, ehe er langsam absackt. Ich überrede Felix dazu, nach Hause zu laufen. Wir kommen an Nicos Wohnung vorbei. Es brennt Licht, und sein Mustang steht vor dem Haus. Das beruhigt mich. Wir ziehen am Maybachufer lang. Felix droht einzuschlafen. Es wird allmählich hell. Ich will, daß Felix bei seinen Eltern anruft, aber er meint, daß es sie einen Scheißdreck angeht. Mir ist das egal. Ich frage Felix nach dem V auf seinem Arm. Er sagt, daß V ihm zeigt, daß es weitergeht. Daß er noch eine Chance hat. Ich frage ihn, was das für eine Chance sein soll. Er sagt:

– Meine Chance.

Irgendwie tröstet mich das. Ich sage Felix, daß ich V bin.

2

28. 1. 2000

ANETTE Seit acht Tagen spricht Tom nicht mit mir. Ich lasse ihn gewähren. Er bereitet sich auf die morgige Sendung vor. Ich weiß, daß Mehnert Toms Zukunft davon abhängig macht. Die Zeit läuft. Seine Zeit. Die ich in meinen Händen halte. Ich sitze am Computer und sortiere seine Notizen. Seit einer Woche kein Brief von V. Dafür immer häufiger sein Zeichen in den Straßen, an den Häuserwänden. Ich bin skeptisch. Die Medien halten sich noch immer zurück. Ich verstehe nicht, welche Art von Verabredung das sein soll, mit wem sie getroffen wird. Ich sehe die Post durch. Tom versetzt mich in eine andere Redaktion. Ich lese das noch einmal. Er hat kein Recht, mich abzuschieben. Er weiß das. Ich lese noch einmal. Ich werde versetzt. Eine andere Redaktion. Ich lösche seine Notizen. Ich gehe zu ihm. Er beachtet mich nicht. Ich frage ihn, ob er ein Schwanzproblem hat. Er sagt, daß er keine Zeit hat. Ich lache. Er will nicht, daß ich lache. Ich sage, daß er vierundzwanzig Stunden Zeit hat, seine Entscheidung rückgängig zu machen. Daß ich ihn heute abend bei mir erwarte. Er nickt. Ich nehme meine Sachen und verlasse das Redaktionsgebäude.

HAKAN Ich steige Möckernbrücke in die U1, um nach Dahlem zu fahren. Ich muß eine Vorlesung besuchen, obwohl ich die meisten Klausuren hinter mir habe. Auf dem besten Weg, doch noch Anwalt zu werden. Ich setze meine Sonnenbrille auf, weil zum ersten Mal seit Jahren wieder die Sonne scheint. Ich sehe auf die Eiswüste unter mir. Sehe den Zug, der uns vom Gleisdreieck entgegenkommt. Ich höre den Schlag, halte mich instinktiv fest. Der ganze Zug vibriert. Die Achterbahn, ein Looping. U-Bahnhof Gleisdreieck steht in Flammen. Der entgegenkommende Zug hängt quer über den Gleisen. Die hinteren Waggons stürzen in die Tiefe, drohen den Rest mitzureißen. Unser Zug klebt wieder ganz still auf den Schienen, kann aber nicht vor und nicht zurück. Die Leute in meinem Abteil verlieren die Nerven. Sie hämmern gegen die Scheiben und schreien rum. Mütter heulen ihre Kinder voll, daß sie endlich still sein sollen. Ein paar Creeps hängen an ihren Flaschen und sagen:

– Prost Mahlzeit.

Die Stimme des Zugführers will, daß wir die Ruhe bewahren. Er sagt, ein technischer Defekt verhindert die Weiterfahrt, daß wir rückwärts zurück zur Möckernbrücke rollen. Ich finde, daß »technischer Defekt« die Sache nicht richtig trifft. In dieser Stadt gibt es zu viele Explosionen, die auf technischen Defekten beruhen. Im U-Bahnhof Gleisdreieck tobt das Chaos. Man kann nicht viel erkennen. Die Leute aus dem zersprengten Zug versuchen, auf die Gleise zu klettern. Ich muß mir das nicht reinziehen. Ich muß pissen und denke an Lars, ob er vielleicht im Zug gegenüber war oder ist. Der Idiot verschwindet nicht aus meinem Kopf. Ich bleibe immer noch ruhig, weil die Leute um mich herum genug verrückt spielen. Die Stimme des Zugführers teilt uns mit, daß die Heizung ausgefallen ist. Neben mir sitzt eine gutaussehende Frau mit langen, zurückgebundenen Haaren, die auch die Nerven behält und einen Brief liest. Ich erkenne ein großes, fettes V auf dem Papier. Ich frage sie, wann sie den Brief bekommen hat. Sie sieht mich an und lächelt. Sie zeigt mir den Brief:

DER URKNALL SETZT SICH AUS TAUSENDEN VON KLEINEN, UNABHÄNGIGEN EXPLOSIONEN ZUSAMMEN. UND DANN SCHWEIGT MAN UND SIEHT NICHT HIN UND FINDET ANDERE ERKLÄRUNGEN. WO EINER IST, IST IMMER AUCH EIN ZWEITER UND SO WEITER. DOCH NICHT JEDE SPRENGUNG FÖRDERT DEN URKNALL. ES GIBT GEGENSPRENGUNGEN, DIE DEN URKNALL VERHINDERN. KEIN MENSCH KANN DIESE EXPLOSIONEN AUSEINANDERHALTEN. DAS IST DAS PROBLEM. DASS MAN SICH ENTSCHEIDEN MUSS. UND DASS MAN DIE ENTSCHEIDUNG ÖFFENTLICH MACHT. ICH ÜBERNEHME KEINE VERANTWORTUNG FÜR DIE GEGENSPRENGUNG. MAN MUSS SICH ENTSCHEIDEN. DARAN ERKENNT MAN DEN UNTERSCHIED. UND ALL DIE, DIE ALL DAS ZU VERTUSCHEN VERSUCHEN, DIE DAS NICHT WAHRHABEN WOLLEN, WEIL SIE SICH FÜR UNBERÜHRBAR HALTEN, WERDEN DOCH NOCH DEN URKNALL HÖREN UND SICH DANN WUNDERN, WAS DAS IST, DAS SIE ÜBERFLÜSSIG MACHT. V

Sie will wissen, ob ich auch diesen Brief bekommen habe. Ich sage, daß ich Briefe von V bekommen habe, zwei Stück, daß das schon länger her ist. Sie wundert sich, daß man aus Vs Verteilernetz verschwinden kann. Ich frage, wie sie heißt.

– Anette.

– Ich bin Hakan.

– Hallo, Hakan.

– Hi.

Sie lächelt wieder, und ich freue mich, daß diese Schienenbombe hochgegangen ist. Ich frage, ob sie friert, und sie meint, daß das wohl unvermeidlich ist. Ich frage, ob ich meinen Arm um sie legen darf. Wir versuchen, uns gegenseitig zu wärmen. Ich erzähle ihr von den V-Briefen, die ich bekommen habe. Sie wundert sich, warum der zweite die Anrede »Lieber Hakan!« hat, weil die Briefe sonst immer ohne Anrede sind:

– Kannst du dir vorstellen, daß V jemand ist, den du kennst?

– Wohl kaum.

Ich bin mir nicht sicher. Mir wird schlecht bei dem Gedanken, der jetzt in meinem Hirn rumfrißt.

– Was hältst du von V, Hakan?

– Weiß nicht.

Ich hasse ihn.

– Berührt dich das nicht?

Sie läßt nicht locker. Ich weiß nicht, was ich sagen soll. Weil sie mich berührt. Weil sie mir gefällt. Weil ich keinen Bock habe, die Sache jetzt schon zu versauen:

– Doch. Das berührt mich. Mehr, als mir lieb ist. Und du?

– Mich fasziniert das. Etwas gerät in Bewegung, und man weiß nicht, was es ist. Aber es entsteht ein Sog. Man muß sich verhalten, obwohl alle versuchen, es zu ignorieren.

– Nur daß die Scheiße auf Kosten anderer geht.

– Woher willst du das wissen? Woher willst du wissen, was V wirklich macht? Und alles, was man macht, jeder von uns, geschieht auf Kosten anderer.

– Das kann ich mir nicht vorstellen.

– Nein?
– Ich will es mir nicht vorstellen.
– Genau das ist es.

Ich habe keinen Bock, über so einen Mist zu reden. Ich schwebe hier mit einer geilen Frau über dem Abgrund und diskutiere. Das kann nicht wahr sein:

– Und was, wenn V diesen verdammten Zug da vorne in die Luft gesprengt hat?

– Ja, was dann? Sag es mir.

Sie hat keine Ahnung. Sie hat wirklich keine Ahnung. Ihr Gequatsche geht mir auf die Nerven und kommt mir bekannt vor. Das ist das Schlimmste. Daß ich eine Ahnung habe, wer dieser V ist, und das nur deswegen, weil ausgerechnet diese Wahnsinnsfrau diesen Müll abläßt. Ich drücke sie ein bißchen fester an mich. Es ist scheißkalt. Ich sage:

– Vielleicht sollte man in seiner letzten Stunde an etwas Besseres denken.

Sie lacht. Die anderen im Wagen sehen uns an, als wären wir total bescheuert. Ich frage, ob sie sich vorstellen kann, auch außerhalb dieses Waggons den Rest des Tages mit mir zu verbringen. Vorausgesetzt, daß wir hier jemals wieder rauskommen. Sie sagt, daß das das einzige ist, was sie sich im Moment vorstellen will.

PAUL Ich empfange die Delegation von NOVA-CHEMIE und lasse mich von den neuesten Ergebnissen des Projektes unterrichten. Sie erklären mir, daß die Versuchsreihen vielversprechend verlaufen, es aber noch ein bis zwei Monate dauert, bis man die entscheidenden Tests durchführen kann. Ich bin sehr zufrieden. Wir vereinbaren einen Termin, damit ich mich vor Ort von den Fortschritten überzeugen kann. Ich erkundige mich noch einmal nach den Sicherheitsvorkehrungen. Die Antworten überzeugen mich nicht. Ich bin in Sorge ob der letzten Anschläge. Ich veranlasse, ein weiteres Sicherheitssystem zu installieren und zusätzliches Securitypersonal einzusetzen. Ich überlasse dem Projektleiter die Auswahl. Ich sehe bei Tom vorbei und frage nach den Vorbereitungen für seine Sendung. Ich sage ihm, daß wir eine kurzfristige Werbekampagne für die Sendung starten, und bitte ihn um einen Aufmacher fürs Fernsehen, die Radiostationen und Tageszeitungen. Ich frage nach Anette, und er zuckt mit den Schultern. Ich bin sicher, daß es seine beste und letzte Sendung werden wird. Ich fahre zu Anna, die ich in letzter Zeit vernachlässigt habe, um endlich Klartext mit ihr zu reden. Sie ist überrascht, mich zu sehen. Ich sage, daß wir eine Entscheidung treffen müssen. Ich will, daß sie Tom verläßt. Sie sagt:

– Es gibt keinen Grund, Paul.

Ich verstehe nicht. Sie zündet sich eine Zigarette an.

– Ich werde Tom nicht verlassen, nicht wegen dir, Paul.

– Du weißt nicht, was du redest, Anna. Er bringt dich um, wenn du bei ihm bleibst. Ich bin alles, was du hast. Begreif das doch endlich.

– Paul, ich liebe dich nicht.

– Um Gottes willen, Anna. Du sagst das wie ein pubertierendes Schulmädchen. Sei doch vernünftig.

– Bitte Paul. Du mußt jetzt gehen.

– Anna, es bleibt dir nicht mehr viel Zeit.

– Ich weiß. Bitte, geh jetzt.

Sie drängt mich zur Tür. Ich entschuldige ihr Verhalten. Tom setzt sie unter Druck, dessen bin ich mir sicher. Ich küsse sie zum Abschied, aber sie reagiert nicht darauf. Ich erspare uns eine peinliche Szene. Ich muß mir etwas einfallen lassen, um sie nicht wirklich zu verlieren. Sie braucht eine Therapie. Sie ist nicht mehr sie selbst.

ANETTE Hakan ist sehr zurückhaltend. Er steht an seinem Herd und brüht Tee auf. Ich betrachte seine Pinnwand, den »Lieber Hakan!«-Brief von V. Ich glaube, daß ich Glück habe. Daß Hakan mehr weiß, als er zugibt. Wir trinken den Tee in der Küche. Ich frage mich, warum nicht endlich was passiert:

– Warum passiert nicht endlich was?

– Ist dir kalt?

– Ja.

Er nimmt mir die Tasse aus der Hand, führt mich durchs Wohnzimmer, durchs Schlafzimmer, ins Bad. Er beginnt mich, sich auszuziehen. Wir stehen unter der Dusche, meine Hände auf seinem glatten, völlig ebenen Rücken. Hakan kann gut küssen. Er preßt mich gegen die Kacheln. Meine Beine umschlingen seine Hüften. Er trägt mich ins Bett, zieht die Daunendecke über uns und hört nicht auf, mich gut zu küssen. Überall. Ich sage:

– Du weißt, wer V ist.

Er stöhnt auf

– Du weißt es, nicht wahr?

Wir liegen nebeneinander, die Köpfe einander zugewandt. Ich kann seine Pupillen in den schwarzen Augen nicht entdecken. Er fragt mich, was das bringen soll. Er wird nervös, kann sich aber nicht von mir losreißen.

– Sag es mir.

Meine Hand auf seinem Schwanz. Er explodiert:

– Scheiße.

– So läuft das Spiel, Kleiner. Ich tue was für dich, und du tust was für mich.

– Oh man. Und ich Idiot dachte ...

– Pscht, pscht. Sag es nicht.

Ich drehe mich auf ihn, beiße in seine Lippen:

– Sag es.

– Nein.

– Sag es.

– Nein.

Meine Zähne auf ihrem Weg zu seinen Ohrläppchen. Auf der rechten Seite tasten sie ins Leere.

– Was ist mit deinem Ohr passiert?

– V.

– Was?

– Ich war im Kino. Mit dem Amokläufer.

– Das war nicht V.

– Ich weiß.

Er versucht, unter mir wegzurollen. Ich lasse es nicht zu. Er traut sich nicht, grob zu werden.

– Kennst du ihn oder sie persönlich?

– Was ist, willst du die Bullen rufen?

– Im Gegenteil, mein Kleiner. Ganz im Gegenteil.

– V ist ne Schwuchtel.

– Ist er dein Lover?

– Sieht das hier danach aus?

– Vielleicht.

– Sehr charmant.

– Komm schon, Kleiner. Mach mir die Freude.

– Das ist ein wirklich beschissener Tag.

– Findest du?

Ich setze mich auf seinen Schwanz, der nicht zur Ruhe kommt.

– Finde ich.

Er kann sich nicht lange zurückhalten. Ich gebe ihn noch rechtzeitig frei. Ich liege wieder neben ihm. Er rührt sich nicht. Ich sage:

– Es steht zwei zu null für dich.

– Ist das etwa mein Fehler?

– Es macht mir nichts aus.

Das erstickt den letzten Aufruhr. Damit habe ich gerechnet. Er dreht mir seinen Rücken zu. Diesen unglaublichen Rücken. Er sagt:

– Ich bin müde. Du kannst gehen oder bleiben, is mir egal.

Ich streichele über seinen Rücken:

– Wie ist die Antwort?

– Nein.

– Endgültig?

– Ja.

Ich habe mich verrechnet. Er ist sturer, als ich dachte. Ich warte, bis er eingeschlafen ist, dann sehe ich mich in der Wohnung um. Peinlich sauber und ordentlich. Ich checke das Telefon. Zehn Nummern sind eingespeichert. Ich schreibe sie mir auf, ziehe mich an, küsse Hakan zum Abschied auf seinen Rücken und fahre nach Hause, um mich auf Toms Besuch vorzubereiten.

TOM Ich rufe Anna an, um ihr zu sagen, daß es spät wird. Ich frage sie nach Felix, den ich seit Tagen nicht gesehen habe. Ich mache ihr Vorwürfe, weil sie sich nicht kümmert. Sie legt auf. Ich überlege, ob ich wirklich zu Anette fahren soll, aber die Sache muß zu Ende gebracht werden. Ich reiche bei Paul den Slogan ein:

V – PHANTOM ODER GRAUSAMER SCHERZ

und checke noch mal die Gästeliste durch. Ich bestelle mir ein Taxi und lasse mich nach Schöneberg in die Apostel-Paulus-Straße zu Anette bringen. Sie lächelt mich an, trägt ihre Haare offen. So habe ich sie noch nicht gesehen. Sie hat Fisch auf Gemüse gedünstet und

Kerzen auf den Tisch gestellt. Ich öffne den Wein, einen Tokai aus dem Friaul. Stilvoll. Anette wirkt sehr entspannt. Das beruhigt mich. Der Fisch schmeckt gut. Wir reden nicht viel. Es ist klar, daß ich den Anfang machen muß.

– Wir dürfen nicht, Anette.

– Ja.

– Du bist nicht gut für mich.

– Ja.

– Es ist . . .

– Ja.

– Verdammt, hör auf.

– Nein.

– Was willst du?

– Nichts.

– Was?

– Alles.

– So läuft das nicht.

– Dich.

– Was heißt das?

– Ja.

– Es geht nicht.

– Komm her.

– Nein.

– Komm.

Ich weiß nicht, was sie mit mir macht. Das ist Folter. Ich hätte mich nicht darauf einlassen dürfen. Nicht hierherkommen dürfen. Jetzt ist es zu spät. Es ist Folter. Ja. Ja. Ja. Verdammt. Sie stimuliert mich. Ich wehre mich nicht. Keine Chance. Sie gibt mir 24 Stunden. So lange halte ich das nicht aus. Ein letzter Versuch:

– Wir müssen reden, Anette.

– Es gibt nichts zu reden.

Sie hat recht. Ich weiß nicht, worauf ich mich einlasse.

Eine Reihe von Kurzschlüssen. Ich mache alles rückgängig. Ich kann mich nicht wehren. Sie macht mich verrückt. Und ich genieße das.

3

29. 1.–30. 1. 2000

FELIX Tom fragt Anna beim Frühstück, was sie eigentlich davon hält, daß ich schwul bin. Sie sieht mich an, und ich zucke mit den Schultern. Tom will eine Antwort, und ich frage ihn, ob er irgendein Problem hat. Er teilt mir mit, daß ich ihm nicht länger auf dem Kopf rumtanzen werde. Daß sie beschlossen haben, mich in ein Internat zu schicken. Es ist das erste Mal seit hundert Jahren, daß wir zu dritt frühstücken. Und das erste Mal überhaupt, daß wir alle drei die Nacht nicht zu Hause verbracht haben. Und natürlich ist Tom der einzige, der nicht weiß, daß das so ist. Ich sehe Anna an. Sie sagt:

– Wir haben nur darüber geredet, Felix. Es ist noch nichts entschieden.

– Es ist entschieden. Du gehst in ein Internat.

Ich frage Tom, ob er mir den Honig reicht, und sage ihm, daß er mich am Arsch lecken kann. Er holt aus, hält sich aber zurück.

– Andererseits, wenn ich es mir recht überlege, in einem Internat kann ich natürlich prima rumschwuchteln.

Anna muß lachen und fragt mich, ob ich nach der Schule nach Hause komme. Heile Familie. Ich sage, daß ich mich nach der Schule mit meiner Freundin Darcy treffe. Tom steht auf und verabschiedet sich:

– Vielleicht denkt ihr daran, daß ich heute abend eine wichtige Sendung habe.

– Zu Befehl, Captain.

Tom versteht keinen Spaß. Er küßt Anna auf die Stirn. Sie nimmt das hin, und er verzieht sich. Ich sage Anna, daß ich eher dieses Haus in die Luft sprenge, als in ein Internat zu gehen. Sie sagt, daß Tom sich wieder beruhigen wird, daß er zur Zeit gestreßt ist.

– Warum nimmst du ihn in Schutz?

– Weil ich nicht weiß, wie es weitergehen soll.

– Oh man, tolle Taktik.

– Felix, bitte.

– Schon gut. Geht es halt weiter. Ich muß los.

Ich küsse sie auf die Stirn:

– Und wenn du bitte daran denken würdest, daß ich heute abend eine wichtige Sendung habe.

Anna lacht. Wenigstens etwas. Ich sage ihr, daß ich mir die Sendung bei einem Freund ansehe und nicht weiß, wann ich nach Hause komme.

– Mit Darcy?

– Vielleicht.

LARS Im Radio läuft ein Jingle:

V – PHANTOM ODER GRAUSAMER SCHERZ

Tom kündigt sich selbst an. Hakan steht vor der Tür. Ich lasse ihn rein.

– Hi, Lars.

– Hi, Hakan. Ziemlich früh.

– Stör ich?

– Niemals.

Er will einen Tee, setzt sich in die Küche an den Tisch und trommelt nervös mit seinen Fingern rum.

– Was ist, bist du nervös?

– Nein.

– Willst du mir vielleicht beichten, daß du die Möse deines Lebens getroffen hast? Willst du mich fragen, ob ich Trauzeuge werde?

– Scheiß drauf, man.

– Okay.

– Ich weiß es, Lars.

– Gut. Was?

– Du bist V.

Er bringt mich um. Ich weiß nicht, was die Scheiße soll.

– 1:0 für den Herrn Anwalt. Hast du die Bullen schon verständigt?

– Ich will nur eins wissen. Hast du was mit den Attentaten zu tun?

– Attentate? Was für Attentate?

– Du weißt genau, was ich meine.

– Und deshalb bist du so früh aufgestanden? Um mich zu fragen, ob ich Leute massakriere?

– Warst du es?

– Oh man, Hakan. Ich glaub das nicht.

– Warst du es?

– Du meinst das wirklich ernst, hm?

– Ich will eine Antwort.

– Du willst eine Antwort?

– Ja.

– Also schön, Mr. Türkenschwanz. Worauf auch immer du anspielst, ich habe nichts damit zu tun.

– Gut.

Er trinkt seinen Tee, sieht mich an und sagt:

– Ich hoffe, du bist okay.

– Mir geht es gut.

Er steht auf und geht. Ich kann nicht glauben, daß es das war. Aus dem Radio dröhnt wieder Toms Slogan:

Ich zertrümmere das Radio auf dem Küchenboden.

NICO Ich rufe im Gropius-Bau an und sage, daß ich krank bin, weil ein Museum mich krank macht. Sie verlangen die Krankschreibung. Ich treffe mich mit THE RAVEMAN, und wir machen uns auf den Weg nach Lichterfelde. Zur NOVA-CHEMIE in der Reaumurstraße. Niemandsland und Wüstensteppe. Sie fragen nach meinen Referenzen. Ich sage ihnen, daß ich ein ausgebildeter Detektiv bin. Sie wollen meine Lizenz sehen. Und diesmal ist Buddy darauf vorbereitet. Ich zeige ihnen die Lizenz, meine Beretta und den Waffenschein. THE RAVEMAN ist ein guter Fälscher. Er sitzt im Büro gegenüber und zeigt seine Papiere vor. Der Security-Chef mag Buddy. Ich bekomme den Job. THE RAVEMAN auch. Wir fahren zum Gropius-Bau, und ich reiche meine Kündigung ein. Tom wird stolz auf seinen kleinen Bruder sein. Buddy und THE RAVEMAN besuchen Andrzej, den Polen. Es gibt eine Menge zu organisieren.

ANNA Ich treffe mich mit Olli im »Café am Ufer«. Er ist einfach da. Er fordert nichts ein. Er will wissen, ob das wirklich mein Mann ist, der diese Sendung über V heute abend macht. Ich sage:

– Ja.

Olli möchte, daß wir sie uns gemeinsam ansehen. Ich habe kein gutes Gefühl dabei.

– Schenk mir diesen Tag, Anna.

Was soll ich tun. Wenn er mich berührt. Ich kann nicht anders. Ich will viel mehr. Aber ich bin ganz still. Und versuche, einfach zu genießen. Das, was ist, was geht. Ich will viel mehr. Das ist tabu. Olli spricht nicht davon, nie.

Er denkt an die nächsten Stunden, die Nacht, vielleicht den nächsten Tag. Nicht weiter. Tabu. Er spricht über alles. Nicht über uns. Er macht mir Komplimente. Mehr nicht. Aber er berührt mich. Das ist viel. Sehr viel. Das ist alles. Ich denke: »Ich schenke dir den Tag, die Nacht, was immer du willst«, aber ich sage es nicht.

FELIX Button packt mich am Arm und zerrt mich vom Schulhof.

– Der Kahn ist hochgegangen, du kleines Arschloch.

– Was?

– Tu nich so.

Er drückt mir die Luft ab.

– Ich hab keine Ahnung. Ich schwör's.

– Die Frage ist, ob ich mich auf deine Schwüre verlassen kann.

– Was soll dieser Scheiß, Button? Warum soll ich den verdammten Kahn hochgehen lassen?

Sinan kommt. Button läßt mich los. Sinan fragt, ob alles klar ist. Button macht auf cool:

– Ah, da is er ja, dein neuer Türkenfreund.

– Laß ihn in Ruhe, Button. Er ist okay.

– Ach wirklich?

Button baut sich vor Sinan auf. Ich weiß nicht, was ich machen soll, aber Sinan hält sich zurück:

– Was is los, Button? Probleme?

– Ich wüßte nich, was dich das angeht.

– Button, er is mein Kumpel, und er is okay, kapiert?

– Okay, okay. Ich weiß, was läuft. Aber denk dran, Bruder, denk an deinen Schwur. Sonst bist du dran.

– So, wie in der »Arena«, oder was?

– Hej, du Wichser! Du hast mich enttäuscht, klar, man? Wenn du schon mit nem Türken rumziehst, kannst du mir das wenigstens vorher stecken, klar.

– Hast du was gegen Türken?

Button grinst Sinan an:

– Wie kommst'n darauf, Dönerfresse?

Sinan will auf Button los, aber ich hänge mich dazwischen:

– Es reicht, Button. Verpiß dich.

– Ich sag's dir nur einmal, Felix. Wenn du mich verarschst, überlebst du das nicht.

– Ich verarsch dich nich.

– Okay. Geschenkt, Bruder. Also, was ist Sinan?

Button streckt Sinan die Hand hin. Sinan schlägt ein. Button grinst:

– Geht doch.

– Klar, man, alles geht.

Sinan ist wirklich cool. Button sagt:

– Ich hab vorher noch was rausgeholt, Felix. Is also nich alles verloren, kapiert?

– Yeah. Das ist cool, man.

Ja. Wir sehen uns. Sinan, Felix.

Wir geben uns Fünf, und Button schiebt ab. Sinan fragt, was ich mit dem Arsch zu schaffen habe.

– Das frage ich mich auch.

– Warum schneidest du ihm nicht einfach seine Eier ab?

– Weil er stärker is.

– Oh man, vergiß es, man.

– Ja, man, vergiß es.

Ich will Sinan sagen, was wirklich läuft, aber ich bin nicht sicher, wie er reagiert.

– Gehn wir jetzt, oder was?

– Ja, man. Wir gehn.

Nach der Schule treffe ich mich mit Darcy im »Milagro« in der Bergmannstraße, weil sie da hinwill. Mich ödet der Schuppen an, aber ich habe keinen Bock, jetzt schon mit ihr rumzustreiten. Sie fragt mich, wie es Sinan geht, und ich sage:

– Gut.

Ich frage sie, wie es Lale geht, und sie sagt:

– Gut.

Ich stehe nicht so auf Konversation, weiß aber auch nicht so richtig, was ich sonst mit ihr anfangen soll. Sie erwartet, daß ich die Sache am Laufen halte und rührt in ihrem Tee. Ich verdrücke mich aufs Klo und denke an Lars, daß das viel wichtiger ist. Und ich denke an Button, der wahrscheinlich gerade mit seinem Schnellfeuergewehr irgendwo rumfuchtelt und vom großen Gemetzel träumt. Mir wird klar, daß ich Sinan warnen muß, daß Darcy mir auf die Nerven geht, daß ich Lars fragen muß, was ich machen soll. Darcy rührt noch immer in ihrem Tee. Sie fragt, ob ich heute abend schon was vorhabe. Ihre Eltern sind nicht da. Das ist eine Aufforderung zum Ficken, und ich sage ihr, daß ich heute abend schon was vorhabe. Sie sagt:

– Schade.

Und ich sage:

– Ja, finde ich auch.

LARS Felix kommt vorbei und nistet sich ein. Er erzählt mir von Button, daß der bewaffnet ist. Ich frage ihn, ob er irgendein gottverdammtes Arschloch kennt, das nicht bewaffnet ist. Er fragt, ob ich »Menace II Society« auf Video habe, und ich werfe die Kassette für ihn ein. Ich bin unfähig, mich zu bewegen. V ist ein Scherz. Tom wird das heute abend aufklären, und ich habe keine Ahnung, was das bedeutet. Was dann passiert. Und es ist mir auch egal. Felix sieht sich den Film an und hält sein Maul. Ich weiß nicht, wovon er wirklich träumt. Ich gehe runter ins »Café am Ufer«, weil ich keine Kippen mehr habe. Ich sehe Anna mit irgendeinem Typen rumflirten. Auf den Zigarettenautomaten ist ein blaues V gesprayt. Ich ziehe mir zwei Schachteln und gehe wieder hoch in meine Wohnung. Ich sage Felix, daß seine Alte unten im Café mit einem Typen rummacht.

– Na und?

– Nichts und.

– Lars?

– Was is?

– Hast du ne Knarre für mich?

– Wart's ab.

– Bitte.

– Ich sage, wart's ab.

Das Telefon klingelt. Eine Frau meldet sich und sagt, daß sie Anette heißt. Ich kenne keine Anette. Sie weiß das und sagt, daß sie meine Nummer von Hakan hat. Sie will wissen, ob sie mich treffen kann. Wir verabreden uns gegen 23 Uhr 30 in der »Ankerklause«. Ich überlege, ob Hakan ihre Fotze leckt und habe kein gutes Gefühl bei der Sache. Ich sehe meine Listen durch. Felix will wissen, wer das war.

– Das wirst du nachher für mich checken, Kleiner.

– Krieg ich dann die Knarre?

– Sicher.

Ich rufe bei Nico an und sage ihm, daß ich mich um 0 Uhr mit Betsi Baller in der »Ankerklause« treffe.

TOM Das übliche Zeremoniell in der Maske. Mehnert und ich nehmen Cognac. Ich zerreiße meine Kärtchen und gehe nach draußen ins Studio. Ich begrüße den russischen Konsul Kafelnikow, Innensenator Lemmer, den Soziologen Wallmann, eine Frau Willemsen, die in der U-Bahn am Gleisdreieck saß, und Bürgerrechtler Schmadtke. Ich erkläre kurz den Ablauf, wünsche den

Beteiligten alles Gute und verdrücke mich auf einen letzten Cognac.

FELIX Lars zieht sich Koks rein, während Tom seine Idioten vorstellt. Sie blenden eine Telefonnummer ein, damit man anrufen kann, um seine Meinung abzulassen. Ich frage Lars, warum wir nicht ins Studio fahren, um es in die Luft zu sprengen.

– Woher willst du wissen, daß nicht genau das passiert?

ANNA Olli erklärt mir, daß jedes Wort in dieser Sendung nichts als pure Verachtung ist. Die Rechtfertigung eines Systems, das längst in sich zusammengebrochen ist. Er bezeichnet Tom als Sozialdarwinisten und will wissen, ob ich bereit bin. Ich verstehe nicht.

– Es ist Zeit, sich auszuklinken, Anna.

Er zeigt mir ein Tattoo auf seinem Knöchel, das ich bisher nicht bemerkt habe. Ein kleines V.

ANETTE Tom und seine Gäste machen Stimmung gegen V. Bezeichnen ihn als Trittbrettfahrer und Provokateur. Einen Einzelfall. Innensenator Lemmer sagt,

– daß niemand in der Lage ist, den Rechtsstaat effektiv in Frage zu stellen, weil das niemals ein Wollen der Mehrheit sein kann. Der Rechtsstaat versteht sich auf Selbstreinigung, wie es die Aktion in der »Arena« bewiesen hat. Ein indirekter Beschluß der Mehrheit. Der Rechtsstaat kann nicht gefährdet werden, weil das Votum der Mehrheit den eigenen Schutz beinhaltet, und diese Schutzmechanismen sind unantastbar. Es gibt keine Bedrohung, der das Volksempfinden in letzter Konsequenz nicht gewachsen ist. Allein die Öffentlichkeit, die man einem Irrläufer wie V jetzt zugesteht, zeigt die Offenheit einer Gesellschaft gegenüber dem Ausschuß, den sie produziert, den sie aber auch jederzeit zu entsorgen weiß. Wenn es darauf ankommt.

Niemand in der Runde widerspricht. Tom grinst selbstzufrieden. Ich stelle mir vor, wie er seinen Schwanz rausholt und in die Kamera wichst. Absolut gewöhnlich. Das Motto des Abends. Er sieht nicht mehr gut aus. Er und seine Freunde erklären den Menschen, wie sie wirklich sind und daß sie deshalb keine Angst zu haben brauchen. Jeder hat das Recht, die Verantwortung für sich selbst in die Hände anderer zu legen, denn es gibt immer Menschen mit mehr Erfahrung und besserem Wissen. Das bestimmt das soziale Gefüge, fundiert die Demokratie. Es ekelt mich an, wie überzeugt sie von sich selbst sind.

NICO Ich wähle die Nummer an, die alle zwei Minuten eingeblendet wird, und verlange, meinen Bruder zu sprechen. Man behauptet, daß das nicht möglich ist. Ich sage, daß ich ihn warnen möchte, weil er nicht mehr sicher ist in seinem Studio. Buddy hat ein paar Informationen, die einer Menge Leute das Leben retten können. Die Leitung wird unterbrochen. Das Netz bricht zusammen. Damit war zu rechnen.

PAUL Tom hält sich sehr gut. Wir errechnen in den Werbebreaks die ersten Prognosen für die Einschaltquote. Ein sensationelles Ergebnis zeichnet sich ab. Die Telefonistinnen stehen am Rande des Nervenzusammenbruchs. Ich entscheide, einige Anrufe live in die Sendung zu bringen. Ich bereite Tom darauf vor. Er stimmt zu. Ein Anrufer möchte wissen, was genau gegen V eigentlich vorliegt. Ein anderer, warum es nicht gelingt, V zu inhaftieren. Ein weiterer fragt, was Tom so sicher macht.

Ein Mitarbeiter meldet mir, daß auf dem Parkplatz des Senders eine Autobombe hochgegangen ist. Toms Wagen. Die Sache läuft heiß. Ich bin zufrieden.

FELIX Lars stellt das Radio an. Überall in der Stadt werden die Autos abgefackelt. Auf dem Kollwitzplatz am Prenzlauer Berg findet eine »spontan-illegale« Versammlung statt, die von den Bullen aufgemischt wird. Angeblich vereisen sie mit ihren Wasserwerfern den ganzen Bezirk. Angeblich wurde ein großes V auf dem Kollwitzplatz installiert, das die Bullen jetzt runterbrennen. Toms Sendung wird unterbrochen. Tom sagt, daß das Studio geräumt werden muß, weil eine Bombendrohung vorliegt. Soziologe Wallmann sagt noch, daß man das nicht ernst nehmen kann. Ich sehe Lars an, der die Glotze abstellt und mich fragt, was ich von ihm will.

– Ein Autogramm?

Er schlägt mir eins in die Fresse. Meine Nase fängt an zu bluten. Lars laufen die Tränen runter. Ich bin ziemlich hilflos, und er weiß das. Ich bin froh, daß er sich nicht entschuldigt. Er sagt, daß ich jetzt in die »Ankerklause« rüber soll, um zu checken, was diese Tussi will. Ich frage nach der Knarre. Er gibt mir eine 357er Magnum.

ANNA Ich stehe mit Olli am Fenster seines Schlafzimmers, und wir sehen auf das Chaos am Kollwitzplatz. Vorgezogene Walpurgisnacht. Ich spüre sein Zittern. Er sagt:

– Ich muß da raus, Anna.

– Was soll das bringen? Bitte ...

– Irgendwann hört man auf zu fragen, was das bringt.

– Ich kann das nicht.

– Komm her.

Er nimmt mich in den Arm. Ich weiß, daß er glaubt

sich entscheiden zu müssen. Mir wird übel. Ich brauche einen Drink, entziehe mich seiner Umarmung und nehme mir einen Wodka. Er bleibt am Fenster stehen, ich hinter ihm, dann nimmt er seine Jacke und geht, ohne ein Wort. Ich klammere mich an meinem Glas fest. Und weine hemmungslos, weil niemand mich sehen kann. Ich will nicht gehen, ich kann nicht bleiben. Ich löse mich auf, ganz langsam. Der Wodka hilft dabei.

FELIX Es ist ziemlich leer in der »Ankerklause«. Der Laden scheint sauber zu sein. An der Jukebox steht diese gut aussehende Sekretärinnenschlampe von meinem Vater. Ich gehe hin und frage, ob sie mir einen ausgibt. Sie stellt sich nicht groß an. Ich will wissen, was sie hier macht.

– Ich warte auf einen Freund.

– Aha. Wow.

– Stört dich das?

– Wieso?

Ich weiß nicht, was ich von ihr halten soll. Ich frage, ob sie meinen Vater fickt. Sie sagt:

– Ja. Aber das ist geschäftlich.

Ich traue ihr nicht. Lars kommt rein und entschuldigt sich bei mir, daß er zu spät ist. Ich stelle ihm Anette vor. Er sagt:

– Hi. Ich bin Fred.

Sie wird nervös. Sie fragt, ob wir die Show gesehen haben.

Lars bleibt cool:

– Was für eine Show?

Er legt seinen Arm um mich und sieht mit mir das Juke-Box-Programm durch. Ohne sich weiter um sie zu kümmern. Sie holt sich einen neuen Drink. Ich sage

Lars, daß sie Toms Sekretärin ist. Er findet das geil. Er läßt mich nicht los und fragt, was ich hören will. Anette kommt zurück. Ich glaube, daß sie was ahnt.

LARS Nico kommt rein. Ich lasse Felix nicht los und begrüße ihn mit:

– Hi, Buddy.

Er ignoriert Felix und küßt Anette die Hand:

– Es wird Zeit, daß wir uns endlich persönlich kennenlernen, Betsi.

Anette sieht mich fragend an, aber ich spiele den Ahnungslosen. Nico erklärt Anette, daß es ihm mittlerweile gelungen ist, sich bei der NOVA einzuschleusen, und daß ihr Geheimnis da keinen Menschen mehr interessiert, weil sie es fast geschafft haben. Das einzige Problem sind die Russen, vor denen sie weiterhin beschützt werden muß. Vor allem vor dem Konsul Kafelnikow. Anette will wissen, was diese Komödie soll. Nico macht sie darauf aufmerksam, daß sie bei mir nach wie vor in guten Händen ist und ruhig bleiben soll. Er will, daß wir uns bei ihm treffen, um das neue Material für die Ablenkungsmanöver zu verteilen. Ich gehe darauf ein, und Anette macht es mir nach, aber Felix kann sein Maul nicht halten.

– Hej, Onkel Nico, bist du auf nem Psychotrip, oder was?

Nico fängt wieder sein Zittern an. Er fuchtelt mit seinen Händen in der Luft rum:

– Felix, Felix, Felix, kleiner, kleiner Felix. Das ist nicht gut. Gar nicht gut.

Ich sage:

– Ruhig, Buddy. Alles unter Kontrolle, man. Bleib cool.

Aber Nico dreht durch:

– Es war ein glatter Durchschuß, Felix, glatter Durchschuß, und sie wollen mich dabehalten, für immer dabehalten. Tom sagt das. Tom will das. Weil er nichts weiß. Er steckt mich unters Dach, unter die große Kuppel, die Sonne. Oh man, oh man, oh man.

Ich gebe Felix ein Zeichen, daß er ein Taxi rufen soll. Anette hält zum Glück ihre Schnauze. Nico schlägt immer wieder gegen seine Brust und ruft:

– Glatter Durchschuß, man, glatter Durchschuß.

Ich manövriere ihn nach draußen und verfrachte ihn ins Taxi. Ich versuche ihn an unser Date zu erinnern, und er sagt:

– Glatter Durchschuß. Buddy hat das voll im Griff.

Ich hole neue Drinks und klemme Felix wieder bei mir ein. Felix fragt Anette, wo ihr Freund bleibt. Sie lächelt. Ziemlich charmant. Und sie sagt:

– Betsis Freunde sind nicht Anettes Freunde.

Ich glaube, daß sie okay ist, halte mich aber noch zurück. Felix reagiert ziemlich heftig auf meine Berührung.

– Hi, Lars.

Hakan steht hinter mir und klopft auf meine Schulter. Ich will ihm eine reinhauen, aber er ist schneller und dreht seine Zunge in Anettes Ohr. Anette schiebt ihn ab und sagt:

– Hallo, Lars. Ich habe es mir gedacht.

Hakan will wissen, was diese Versammlung hier soll, warum Anette ihn nicht angerufen hat. Mir ist klar, daß er sie fickt, und sie verliert ihre Sympathiepunkte wieder. Sie meint:

– Wird Zeit, daß wir reden, Lars.

– Wüßte nicht, was wir zu reden haben.

Sie sagt:

– Bitte, Lars, es ist wichtig.

Ich weiß nicht, was die Scheiße hier soll. Hakan versteht offensichtlich auch nichts. Er zeigt auf Felix und macht mich an:

– Seit wann fickst du eigentlich Kinder?

– Seitdem du gegen einen Möchtegernfick für Sekretärinnen rumspitzelst.

Anette will Frieden stiften:

– Hakan hat nichts damit zu tun, Lars. Bitte.

Ich äffe sie nach:

– Hakan hat nichts damit zu tun, Lars.

– Halt endlich das Maul, du Wichser.

Hakan will mir eins reindrücken, aber Felix mischt sich ein und rammt seine Magnum in Hakans Magen. Die Sache entgleist. Ich ziehe Felix zurück, der schnell nachgibt. Ich sage Hakan, daß er sich gefälligst raushalten soll, und frage Anette, ob sie mit zu mir kommt. Hakan will nicht, daß sie geht, aber er hat keine Chance. Wir verziehen uns, aber ich mache mir Sorgen wegen Hakan. Anette verspricht mir, daß sie sich später um ihn kümmert. Sie erklärt mir, was V für eine Bedeutung hat. Ich sage ihr, daß mich das nicht interessiert. Sie meint, daß man die Sache organisieren muß, einen Plan, eine Struktur braucht. Sie bietet ihre Hilfe an. Ich versuche ihr klarzumachen, daß es keinen Plan für nichts geben kann und daß sie der Gewerkschaft beitreten soll. Sie bewahrt die Ruhe, weil sie merkt, daß sie mir auf die Nerven geht. Felix sagt, daß sie seinen Vater fickt und daß man ihr nicht trauen kann. Ich erkläre ihm, daß er »Vertrauen« aus seinem Wortschatz streichen soll, weil das nichts als ein großer Haufen Hurenscheiße ist. Er fragt, ob er was von dem Koks haben kann. Ich verliere die Geduld und mein Kopf platzt:

– Du hast für heute schon genug Mist gebaut. Verpiß dich.

– Willst du mich verarschen?

– Keine Spur.

Ich fürchte, daß er gleich das Heulen anfängt. Anette unternimmt einen neuen Anlauf und labert was von Verantwortung und Chance. Mich kotzt dieser Idealistenfuck an. Sie hat einfach keine Ahnung, aber sie läßt sich nicht abwimmeln. Ich schlage ihr vor, lieber mit Hakan rumzubumsen, als hier ihre Zeit zu verschwenden. Sie meint, daß ich das schon noch kapieren werde. Sie besteht auf ihre Betsi-Baller-Rolle und will mit zu dem Date bei Nico. Mir ist das egal, solange sie mich mit ihrem Geschwätz in Ruhe läßt. Sie ruft sich endlich ein Taxi und sagt, daß sie froh ist, mich kennengelernt zu haben, und daß Felix sich ja nicht erwischen lassen soll. Sie küßt mich zum Abschied auf den Hals und findet sich überhaupt nicht ätzend.

Felix schmollt in meinem Bett rum. Mir ist klar, daß hier alles schiefläuft. Daß sich das ändern muß.

4

5. 2.–8. 2. 2000

TOM

DAS SCHÖNSTE AM KRIEG IST DIE RÜCKKEHR. HEIMAT. DER ORT, AN DEM NOCH NIEMAND GEWESEN IST. V

Die Redaktion wird mit Briefen überschwemmt. Unglaubliches Feedback aus allen Richtungen. Sensationelle Einschaltquote. Mehnert und ich beschließen, die Welle auszunutzen. Wir manipulieren die Meldungen:

»Drei Jugendliche, 15, 16 und 17 Jahre alt, verschleppten die 15jährige Elyse in den Plänterwald. Sie setzten Elyse unter Drogen, vergewaltigten, folterten und erstachen sie. Anschließend legten die Jungen ihr Opfer auf einen Altar, der von einem großen V dominiert wurde.«

»Ein 20jähriger Wehrdienstleistender, sein 16jähriger Freund und ein 15jähriges Mädchen drangen in die Wohnung des 51jährigen Homosexuellen Walter K. ein, unter dem Vorwand, ihn auszurauben. Der Wehrdienstleistende erstach Walter K. mit dreißig Messerstichen. Sie entmannten den Toten und ritzten ein großes V auf seinen Oberkörper.«

»Eine 35jährige Frau hat ihre beiden Kinder (6/2) er-

würgt. Der Vater saß zur Tatzeit vor dem Fernseher und bemerkte nichts. Die Frau behauptet, sie habe im Auftrag von V gehandelt, der dieses Opfer von ihr für eine bessere Zukunft verlangte.«

»Während eines Schulfestes in der Teltow-Schule in Schöneberg detonierte im Heizungskeller ein Sprengsatz. Die Detonation brachte die Decke der Turnhalle zum Einsturz. In der Turnhalle fand zur Zeit des Unglücks ein Kinderflohmarkt zugunsten karitativer Einrichtungen statt. Acht Menschen wurden getötet, 45 zum Teil schwer verletzt, darunter viele Kinder. Ein anonymer Anrufer bekannte sich gegenüber unserer Redaktion zu der Tat, mit den Worten: V BEMÜHT SICH UM DIE BASIS.

Ich gebe verschiedene Interviews. Ich stelle mich als exemplarisches Opfer Vs dar. Daß gerade das mich dazu verpflichtet, der Öffentlichkeit zu beweisen, daß wir nicht erpreßbar sind. Daß ich nicht daran denke, mich zurückzuziehen. Mehnert kündigt an, daß wir ein wöchentliches Special senden werden. Anette organisiert meine Termine und erarbeitet ein Treatment für meine weitere Strategie. Ich bekomme Personenschutz. Das LKA zieht eine Bannmeile um unser Gebäude in der Kochstraße. Anna und Felix sollen evakuiert werden. Das Problem ist, daß ich nicht weiß, wo sie sind.

ANETTE Meine Macht über Tom steigt an. Es gelingt mir, seine Schritte in die falsche Richtung zu lenken. Ich erarbeite das Treatment für die weiteren Aktionen. Wir müssen polarisieren. Wir sind auf dem richtigen Weg. Lars wird das begreifen müssen. Daß er wichtig ist. Daß er mich braucht. Ich sitze mitten in der Schaltzentrale. Es liegt auf der Hand, das auszunutzen.

PAUL Ich verschwende keinen Gedanken mehr an Toms Entlassung. Er wird zur Identifikationsfigur. Ich habe die absolute Kontrolle. Mein Einfluß wächst.

FELIX Die BVG stellt den Busverkehr ein. Normale Autos haben kaum noch eine Chance. Ein paar speziell ausgerüstete Wagen schaffen es noch ganz gut über die Straßen. Und natürlich die Bullen. Ich zeige Sinan meine 357er Magnum. Er findet das uncool. Er ist ein echter Pazifistentürke. Ich überrede ihn, mit ins »Nansen-Eck« zu kommen. Button ist schon da. Wir spielen Billard, und Sinan macht uns naß. Button findet das nicht witzig. Sein Bruder gibt ne Runde Jägermeister aus. Wir fahren mit der U7 bis Blissestraße und laufen über die Mecklenburger bis zum Autobahnkreuz Wilmersdorf. Button will uns was zeigen. Er hat ne große Tasche auf dem Rücken. Wir schlagen uns bei der Rudolfstädter die Böschung runter und verschanzen uns unter dem Hohen Bogen hinter ein paar Krüppelsträuchern mit Blick auf die A100 und A104. Hier hängt überall die Scheiße rum, und ich friere mir den Arsch ab. Button macht seine Tasche auf und holt eine von den Maschinenpistolen raus. Sinan sagt, daß es eine Submachine ist. Button sagt:

– Klar, man.

Ich hab's immer noch nicht kapiert. Es ist nicht viel los auf den Straßen. Button meint, wir sollen uns flach auf den Boden legen. Er lädt durch und legt an. Er feuert auf einen blauen Honda Civic und trifft. Die Heckscheibe zerfetzt. Der Wagen gerät ins Schleudern, fängt sich aber wieder. Button gibt Sinan das Gewehr. Sinan zögert. Er visiert einen 190er Mercedes SL an und verfehlt. Button rafft nicht, daß das Absicht war. Ich bin dran. Ich ziele auf einen Ford Transit und treffe einen

Hinterreifen. Der Wagen bricht aus, knallt gegen die Leitplanke, schlittert aber trotzdem weiter. Ich schieße noch mal und versuche den Tank zu erwischen. Der Idiot aus dem Ford Transit schafft es, das Ding anzuhalten, und steigt aus. Button zielt auf seinen Kopf. Kopfschuß. Treffer. Von dem Kopf bleibt nicht viel übrig. Sinan muß kotzen. Button lacht ihn aus. Irgendein Opel kracht voll in den Ford Transit und schiebt seine Karre auf die Hälfte zurecht. Zwei Köpfe fliegen dabei durch die Windschutzscheibe und drücken sich auf die Stoßstange von dem Transit. Ich versuche wieder, die Tanks zu treffen, und diesmal klappt's. Sinan springt hoch und rennt weg. Ich starre auf den Feuerball. Die ganze Fahrbahn ist dicht. Button verstaut die Submachine wieder in seiner Tasche, und wir holen Sinan ein. Button wütet rum. Mir ist nicht klar, was eben eigentlich passiert ist. Ich sehe Sinan in die Augen und fange an, was zu kapieren. Mir wird schlecht. Button packt Sinan und pißt ihn an, daß er sich zusammenreißen soll. Sinan hat die Mutprobe nicht bestanden. Wir fahren zurück zum Hermannplatz und dealen ein paar Gramm Dope an. Wir ziehen es uns im »Nansen-Eck« rein und kippen Jägermeister nach. Sinan beruhigt sich wieder. Button ist in Hochstimmung, aber sein Bruder wirft uns raus. Sinan will nach Hause und Button sagt, daß wir ihn bringen. Er traut ihm nicht. Es ist scheißdunkel mittlerweile. Wir holen ein paar Flaschen Bier und saufen uns unterwegs zu. Button sagt, wenn Sinan dazugehören will, muß er morgen wieder nach Wilmersdorf und die Aktion wiederholen. Mit einem Treffer. Sinan sagt Button, daß der ihn am Arsch lecken soll. Button grinst. Wir gehen auf der Thielebrücke über den Kanal und wollen durch den Götlitzer Park. Am Fußballplatz bleibt Button stehen:

– Okay Sinan. Wir tragen das jetzt aus.

Sinan dreht sich um, klickt sein Stilett raus und sagt:
– Okay.

Wir gehen auf den Platz, zur Spielfeldmitte. Es ist scheißglatt. Button schmeißt seine Tasche ab und klackt sein Butterfly auf. Man kann fast nichts mehr sehen. Ich bin zu. Sinan und Button stehen sich gegenüber, und Sinan ist zu schnell für Button. Sinan schlitzt Buttons Hand auf. Button weicht zurück, dann kickt er Sinan sein Messer mit dem Fuß aus der Hand. Sinan rutscht aus, und Button hängt über ihm. Er hält ihm die Klinge an den Hals:

– Das war's, Dönerfresse.

Ich halte die Magnum mit beiden Händen und drücke ab. Button sackt über Sinan zusammen. Sinan rollt sich unter ihm weg. Button bleibt liegen. Ich kann mich nicht bewegen. Sinan nimmt Buttons Tasche und meinen Arm. Wir laufen. Ich lege mich auf die Fresse und schlage mir das Kinn auf. Sinan zieht mich wieder hoch und brüllt:

– Scheiße, wach auf, man.

Wir rennen quer durch den Park. Es ist scheißdunkel. Falckensteinstraße. Im Hauseingang versucht Sinan mich zu beruhigen. Er schlägt mir ins Gesicht.

– Und wenn er noch lebt?

– Halt's Maul, Felix! Halt einfach dein Maul.

Wir gehen hoch. Sinan sagt seinen Eltern, daß ich bei ihm übernachte. Sie beachten mich nicht. Ist ihnen fuckegal. Wir verziehen uns in Sinans Zimmer.

ANNA Olli bringt mich zur U-Bahn Senefelder Platz. Er will, daß ich mich entscheide. Das macht es ihm leichter. Wenn er mir die Wahl läßt. Tom ist nicht zu Hause. Felix auch nicht. Statt dessen ein paar Männer, die ich nicht kenne. Sie sagen, daß sie vom LKA sind. Personenschutz. Sie wollen mich und Felix an einen sicheren Ort bringen. Ich weigere mich. Sie verständigen Tom und meinen, daß ich vernünftig sein soll. Ich höre nicht auf, mich zu weigern. Ich gehe nach oben und schließe mich ein. Die Männer bleiben. Meine ständigen Begleiter. Sie klopfen an und wollen wissen, wo Felix ist. Woher soll ich das wissen. Ich schreie sie an. Ich will, daß sie mich in Ruhe lassen. Ich verstehe das alles nicht. Sie sagen, ich soll mich beruhigen. Ich kann mich nicht beruhigen. Nicht ohne Felix, ohne Olli. Mit Tom.

LARS

HASS IST LEBEN. SONST BRINGEN SIE MICH UM. V

Ich bekomme Briefe von V. Meine Briefe erübrigen sich. Ich stelle die Arbeit ein.

V IST ÜBERALL.

Ich verliere meinen Einzelgängerstatus. Ich biete Hakan an, mit mir in den Süden zu fliegen. Er lehnt ab. Die Außentemperatur sinkt weiter. Andrzej hat Lieferschwierigkeiten. Mein Arsenal schrumpft zusammen. Ich besorge mir Koks bei Jan und nehme einen Tee im »Hasir« am Kottbusser Tor. Der Typ, der mir die Dönerscheren verdealt hat, ist nervös. Er meint, ich soll mich verpissen. Im hinteren Teil des Ladens schreien sich die Türken die Köpfe ein. Irgendeine Versammlung. Ungefähr zwanzig maskierte Typen stürmen den Laden und eröffnen das Feuer. Die Türken aus dem hinteren Raum sprengen auseinander. Vorne kippen die Leute um wie die Fliegen. Die Maskierten nieten mit ihren Uzis alles um, was sich bewegt. Auch was sich nicht bewegt. Ich liege flach unter einer Bank und rühre mich nicht. Die

Türken reagieren zu spät. Sie haben keine Chance. Die Maskierten treten den Rückzug an. Ich entsichere meine Pistole und schieße zwei von ihnen in den Rücken. Ihren Kumpels ist das fuckegal. Sie lassen sie liegen. Ich ziehe mich unter der Bank vor und sehe mich um. Ein paar zucken noch am Boden. Ich mache, daß ich rauskomme. Draußen kümmert sich kein Schwanz um die Scheiße. Ich fahre in die Kochstraße, um Toms Arbeitsplatz zu checken. Die Bullen haben großräumig abgesperrt. Das Medienmonopol eine Festung. Keine Chance, da reinzukommen. Außer Anette.

FELIX Ich fahre nach Hause, um ein paar Sachen zu holen. Das Haus ist voller Idioten, die wissen wollen, wo ich war. Anna sieht völlig verheult aus, total vollgepumpt. Irgendein Fucker erklärt mir, daß wir beschützt werden müssen. Ich will mit Anna allein sein, und sie geben uns zehn Minuten. Ich sage ihr, daß die Scheiße mir am Arsch vorbeigeht. Daß ich mir das nicht länger reinziehe. Sie sagt, daß sie Tom verlassen will, und ich sage ihr, daß ich daß cool finde. Daß sie sich um mich keine Sorgen zu machen braucht. Die Frage ist, wie wir an den Gorillas vorbeikommen. Sie ruft Tom an und verlangt, daß er sie zurückpfeift. Keine Chance. Sie bringen uns in ein abgefucktes Haus, draußen beim Müggelsee. Zur Sicherheit. Sie lassen nur einen Idioten für uns da. Die absolute Sicherheit. Der Typ sitzt auf einem Sessel und liest die Auto-Bild. Anna versucht Kaffee zu kochen. Ich stelle mich hinter den Typ und verpasse ihm einen Genickschuß. Anna schreit und läßt alles fallen. Der Typ kippt nach vorne, über seine Auto-Bild. Ich frage Anna, ob sie jetzt weiter rumschreien oder mitkommen will. Ich fingere die Autoschlüssel aus der Jackentasche von dem Idioten und male mit seinem Blut ein großes V vor ihm auf den Boden. Anna ist völlig weggetreten, und ich muß selber fahren. Ich schaffe es bis Köpenick. Wir nehmen die S-Bahn. Anna will zu Olli. Ich versuche es bei Darcy.

Darcy fragt mich:
– Wollen wir uns lieben?
– Was?
– Ob du mit mir schlafen willst.
– Ja, warum nicht.

ANNA Olli räumt ein paar Fächer in seinem Schrank für mich frei. Ich liege auf dem Bett. Mein Mund ist ausgetrocknet. Alles dreht sich. Er sagt, daß er mich beschützen will. Ich kann die Tränen nicht mehr zurückhalten und schlafe ein.

FELIX Darcy rasiert mir die Haare auf drei Millimeter runter und bearbeitet sie mit Wasserstoffperoxyd. Sie streichelt mir über den Kopf. Ich denke an Anna. Daß sie nicht dichthält. Darcy zieht mich zurück aufs Bett. Ich bemühe mich um ihre Titten. Ich kann mich nicht konzentrieren. Sie sagt:
– Komm schon.
Aber ich habe keinen Bock rnehr.
– War's dein erstes Mal, Felix?
– Was geht dich das an.
Wir rauchen ein paar Kippen, und ich frage sie, ob ich über Nacht bleiben kann.

NICO Mein erster Tag bei der NOVA-CHEMIE. In der Wüste. Im Steppenland. Ich bekomme eine Uniform. Ich darf meine Beretta benutzen und bekomme trotzdem eine Dienstwaffe. Wir arbeiten in Sektor Blau. THE

RAVEMAN und ich bilden eine Patrouille. Wir patrouillieren durch Sektor Blau. Wir ermitteln den Standort des Labors. Alles im blauen Bereich. Ein guter Einstand.

LARS Anette holt mich ab, und wir machen uns auf den Weg zu Nico. Sie erzählt mir von dem Toten am Müggelsee, daß Anna und Felix verschwunden sind. In der Meldung wird es heißen:

IN DER GEWALT VON V.

– Lars, du hast etwas ausgelöst, das kann man nicht aufhalten. Du mußt dazu stehen. Die Leute wollen sich an jemandem orientieren, sie sind das gewohnt. Sie brauchen ihre Leitfigur. Du bist ihre Leitfigur, genauso wie Tom auf der anderen Seite.

– Es gibt nur eine Seite.

– Das ist Unsinn, Lars, das weißt du. Es gibt immer zwei Seiten, immer den Feind. Das motiviert. Du mußt die Leute motivieren, weitermachen.

– Ich habe keinen Feind. Du kotzt mich an. Du verstehst überhaupt nichts.

– Du bist dein größter Feind, Lars. Das ist das Problem.

– Was willst du? Soll ich schlammcatchen mit Tom, damit du feucht wirst, oder was?

– Du mußt präsent sein. V muß für die Leute, die dir folgen, transparent sein.

– Warum schreibst du nicht einfach ein Buch und läßt mich mit dieser Scheiße in Ruhe.

– Weil wir dich brauchen.

– Und wenn ich dir die Fotze auslutsche, bist du dann zufrieden?

– Idiot.
– Fick dich.

NICO Betsi Baller kommt mit Fred Faser. THE RAVEMAN und MISS MEGATRANE sind schon da. Wir erzählen von der NOVA und Sektor Blau und daß alles nach Plan läuft, solange wir Betsi im Auge behalten. Ich hole die Sachen von Andrzej und zeige sie den anderen. Uzis, Handgranaten, Platiksprengstoff, Faustfeuerwaffen. Fred Faser ist beeindruckt. Ich breite die Skizzen vom Flughafen Tempelhof aus. THE RAVEMAN erläutert die Details. Betsi will wissen, wie und wo wir das Zeichen von V einbauen. Ich verstehe das nicht. Sie besteht darauf. MISS MEGATRANCE sagt, daß V ein vielfickender Schwanzlutscher ist. Fred Faser fängt an zu lachen. Ich verstehe das nicht. Betsi Baller behauptet, daß V eine gute Tarnung ist. THE RAVEMAN stimmt ihr zu. MISS MEGATRANCE sagt:

– Yeah, the dirty fucker V.

Buddy ist einverstanden. THE RAVEMAN verteilt die Aufgaben. Betsi Baller darf nicht mit. Sie findet das richtig. Darüber bin ich froh. Fred Faser fragt, ob er den Gerassimow haben kann. Buddy hat keine Verwendung mehr dafür. Ich schenke Fred Faser »Stalin im Regen«. Die Versammlung löst sich auf. Buddy darf zufrieden sein.

LARS Die anschließende Notation eines Unfalls versetzt einem den besseren Kick als der Unfall selbst: Nicos Bombe explodiert im Lüftungsschacht. Über einem Blumenladen. THE RAVEMAN blockiert die Warnsysteme. Gewußt wo. Ein Spiel mit Mega-Crackern. MISS MEGATRANCE im Stewardessenkostüm. Das gesamte Lüftungssystem ist verseucht, und das Feuer frißt sich die Decken entlang. Eine seelenlose Stimme gibt An- und Abflugdaten durch. Unter den Lautsprechern verändert die Masse ihre Bewegung. Die ersten verzichten auf ihre Koffer, das Handgepäck. Das Husten beginnt. Was sie sehen, ist Rauch. Kein Feuer. Im Blumenladen werden die Blumen verkauft. Über dem Blumenladen der kleine Teufel. Die Beschleunigung der Bewegung, die ziellos ist. 100-Meter-Lauf der Orientierungslosen. Stewardessen mit Megaphonen. Die blockierte Elektronik versiegelt die Ausgänge. Die freigesetzten Gase vermischen sich mit dem Wasser der Sprinkleranlage zu tödlichem Regen. Jeder ist sich selbst der Nächste. Husten. Schreien. Rennen. Sie brechen zusammen und dienen als Fußmatte. Knochen brechen unter den Schritten der Mitfliehenden. Und keiner organisiert die Flucht, und niemand weiß, was eigentlich passiert. Terminal A. Ein Blumenladen. Die Leute klatschen gegen die geschlossenen Glastüren und blicken in die Freiheit. Dazwischen Panzerglas. Die Gaskammer. Das Feuer wird sichtbar. Die Einsturzgefahr wächst. Die ersten Maskierten mit Feuerlöschern und Schaum. Der weiße Staub auf dem Boden, in den sich die Abdrücke der Sterbenden malen. Kreuz und quer, gruppenweise. Das, was übrigbleibt: Gasmasken, weißer Staub, die Abdrücke darauf, ein Blumenladen. Die Blumen überleben. Ich kotze.

ÜBERLEBEN IST KEIN SPASS. V

MISS MEGATRANCE mit Gasmaske verewigt mich mit ihrer Spraydose im Terminal A. Die erklärende Notiz. Das Bekenntnis. Ich verfolge die Live-Übertragung an den Bildschirmen. Ich überlege, wie ich heiße. Lars. Endlich bricht das Glas, und die Überlebenden schleppen sich nach draußen, um zu kotzen, zu feiern: Mich hat es nicht erwischt.

ÜBERLEBEN IST KEIN SPASS. V

HAKAN Während sie in den Nachrichten von einem Feuermassaker im Flughafen Tempelhof berichten, läßt Anette sich endlich wieder von mir ficken. Ich habe Schwierigkeiten, der Sendung zu folgen. Die Kamera fährt über einen unzerstörten Abschnitt neben den aufgetürmten Leichen. Ein Spruch von V. Das ist kein guter Fick. Anette will nicht, daß ich aufhöre. Sie will, daß ich den Ton lauter drehe. Mir reicht's. Ich suche das Telefon und rufe Lars an. Er ist nicht da. Ich glaube ihm kein Wort mehr. Weil er mich nicht kriegen kann, rastet er mit dieser Sprengstoffscheiße aus. Ich bin mir sicher. Anette liegt immer noch im Bett und raucht. Ich frage sie, was sie von dieser Flughafensache hält.

– V entspricht den Erwartungen, die man in ihn setzt, findest du nicht?

– Und, erfüllt er deine Erwartungen?

– Durchaus.

Mein bester Freund ist Terrorist, und ich ficke sein Terroristengroupie. Das ist ein beschissenes Leben.

– Was ist, kleiner Türkenschwanz, kommst du nicht zurück ins Bett?

– Hat sich ausgefickt mit deinem Türkenschwanz.

– Was ist los mit dir?

– Vergiß es.

Ich verpisse mich aus meiner eigenen Wohnung. Ich muß eine Entscheidung treffen, ehe ich selbst verrecke.

5

9. 2.–10. 2. 2000

LARS

AUCH WENN MAN GEWISSE DINGE ABLEHNT, SIE LIEGEN TROTZDEM IN EINEM BEGRÜNDET. JEDER MENSCH IST KORRUMPIERBAR, EGAL OB DURCH SEINEN GLAUBEN, SEIN GEWISSEN, DAS GELD ODER DIE MACHT. ALLEN MENSCHEN IST DER GENETISCHE CODE DER SELBSTZERSTÖRUNG EINGESCHRIEBEN. GLEICHGÜLTIG, WELCHES DENKEN ODER HANDELN WIR DAGEGENZUSETZEN VERSUCHEN, DAS RESULTAT IST IMMER DASSELBE: SELBSTZERSTÖRUNG. UM DAVON ABZULENKEN, KONZENTRIEREN WIR UNSERE GANZE ENERGIE AUF DIE ZERSTÖRUNG ANDERER, IM GLAUBEN, UNS DADURCH SELBST ZU SCHÜTZEN: IRRTUM. V

Anette zeigt mir diesen Vordruck. Ich frage, wo sie das gelernt hat. Ich brauche keinen Ghostwriter. Sie will meine Adressenliste. Ich sage, sie soll sich um ihren eigenen Scheiß kümmern und sich ein Telefonbuch kaufen. Sie behauptet, daß sie das tut. Sie will in jedem U-Bahnhof dieser verfickten Stadt eine Plakatwand mieten und ihren Spruch draufpinnen. Keine Möglichkeit, sie loszuwerden. Ich fahre zu Hakan. Meine letzte Chance, auszusteigen. Ich zeige ihm die Tickets. Karibik. Er sagt, daß die Flüge von Tempelhof aus gehen.

– Na und?

– Du hast dich selbst verarscht, Mister. Du hast Tempelhof in die Luft gesprengt.

– Was ist Hakan? Kommst du mit, oder was?

– Und was ist mit deinem kleinen Geiselfucker?

– Mein was?

– Du fickst deine Geisel, schon vergessen? Man kann es überall nachlesen. Wie heißt er gleich? Felix?

– Hör auf.

– Nein. Ich fange erst an.

– Fick dich ins Knie, du Pisser.

– NIEMAND IST SICHER. Hast du doch gesagt, oder? Das gilt auch für dich. Verlaß dich drauf.

Er zerreißt die Karibiktickets. Das war's. Von mir aus. Spielen wir ein anderes Spiel. Ich bin flexibel.

FELIX Ich wache wieder neben Darcy auf, die aus dem Mund stinkt. Mein Schädel platzt, und ich versuche, ein Aspirin aufzutreiben. Ihre Alten sind verschwunden. Die Wohnung ist ein Flohmarktlabyrinth. Nichts Brauchbares. Ich schalte die Glotze ein. Sie suchen Anna und mich noch immer. Lars hat Tempelhof in die Luft gesprengt. Ich verstehe nicht, warum er mir nichts davon gesagt hat. Ich rufe Sinan an, aber er ist nicht da. Ich muß an Button denken und überlege, ob sein Bruder vielleicht ausrastet, weil er eine Ahnung hat. Daß wir das waren. Mir wird klar, daß ich ein beschissener Aussätziger bin. Daß der Untergrund sich nach oben dreht, wenn ich einfach so weitermache. Wie alle anderen. Ich verstehe den Unterschied nicht. Alle zwei Minuten ein Spot von Tom. Ich will ihn umbringen, aber er ist der einzige, der überlebt. Darcy umschlingt mich von hinten und stinkt noch immer aus dem Maul. Ich frage, ob sie sich eigentlich nie die Zähne putzt, und sie versetzt mir einen Schlag ins Genick. Das reicht mir, und ich sehe zu, daß ich aus diesem Puff verschwinde. Ich treffe Sinan in der »Morena-Bar« und frage ihn, was wir wegen Buttons Bruder unternehmen. Sinan meint:

– Du bist Buttons Bruder,

und drückt auf meinen Arm, auf das Tattoo. Ich finde das nicht witzig.

– Bleib cool, Felix, okay.

Ich weiß, daß er sich selber in die Hose scheißt, und schlage vor, zu Lars zu gehen, weil der uns vielleicht helfen kann.

– Meinst du, dieser Pißbruder von Button interessiert sich dafür, wer ihn abgeknallt hat? Der ist auf seinem eigenen Trip, man. Wir brauchen keine Hilfe. Von niemandem. Kapiert?

– Woher willst du das wissen?

– Ich weiß es. Also beruhig dich, man. Beruhig dich.

Ich frage mich, ob ich Sinan unterschätzt habe. Er drückt mir einen Kuß auf die Backe und sagt, daß wir uns später sehen.

TOM Immer noch keine Spur von Anna und Felix. Mehnert ist in meinem Büro, und ein Anruf wird durchgestellt. Ein Typ namens Hakan behauptet, zu wissen, wer V ist. Ich stelle den Apparat laut, damit Mehnert mithören kann. Ich erkläre Hakan, daß wir täglich Tausende solcher Anrufe bekommen und daß er schon mit mehr rausrücken muß. Er sagt, daß das ein Deal ist und daß er nicht plaudern wird, ohne Sicherheiten zu haben. Er versteift sich darauf, die Exklusivrechte verkaufen zu können. Mehnert gibt mir ein Zeichen, daß ich darauf einsteigen soll. Ein zweiter Anruf wird durchgestellt, und ich sage Hakan, daß er eine Minute warten soll.

– Hallo Tom, wie geht's der Familie?

– Wer spricht da?

– Hier spricht dein Freund. Warum erkennst du mich nicht? Seit Monaten schreibe ich dir Briefe, und ich bekomme keine zufriedenstellende Antwort. Der Fuck, den du über den Sender verbreitest, Tom, das kann nicht dein Ernst sein. Wir kennen uns doch, also, was soll die Show?

– Wenn Sie mir Ihren Namen nicht sagen, muß ich das Gespräch beenden.

– Was zählen Namen, Tom? Erinnerst du dich: WIR WERDEN UNS TREFFEN. Es ist soweit. Es geht los. Es war übrigens keine gute Idee, Felix ins Internat schicken zu wollen. Er ist ganz verstört. Ich hoffe, es macht dir nichts aus, daß ich mich ein wenig um ihn kümmere.

Mehnert starrt mich an. Ich wette, er hat auch feuchte Hände. Mir wird schlecht.

– He, Tom, bist du noch dran, oder was?

– Ja. Ja, ich kann Sie hören. Was sind Ihre Bedingungen?

– Was für Bedingungen? Du bist wirklich ein Idiot. Scheiß auf Bedingungen.

– Was wollen Sie? Wo ist Felix?

– Tja, keine Ahnung. Er hat heute morgen seine XM-Submachine eingepackt und ist abgezogen. Wer weiß schon, was er vorhat. Wie wär's mit heute abend, Tom, in deiner Sendung. Ich dachte, wir telefonieren heute abend wieder, damit alle etwas davon haben.

Mehnert nickt.

– Okay, heute abend.

– Wir werden eine Menge Spaß haben, alter Wichser.

– Davon bin ich überzeugt.

Ich erkläre diesem Hakan, daß sein Deal sich erübrigt hat.

Ich will veranlassen, daß die Fangschaltung gelegt wird, aber Mehnert hindert mich daran:

– Bist du verrückt? Merkst du nicht, was er vorhat? Wir brauchen ihn da draußen. Er hat Kontakt aufgenommen, das müssen wir ausnutzen.

– Was soll das?

– Sobald V gefaßt wird, verlieren wir die Geschichte.

– Das ist Wahnsinn.

– Es ist ein Geschäft. Und du wirst es nicht verhindern, klar?

– Und was ist mit Anna und Felix?

– Sie sind seine Versicherung. Er wird nichts riskieren, glaub mir. Wir haben die absolute Kontrolle.

– Scheiße.

– Du kannst aussteigen, wenn du willst.

– Vergiß es.

NICO Es wächst und wächst. THE RAVEMAN und ich kommen kaum noch durch die Straßen. Auf dem Weg zur Wüste NOVA und unterwegs jetzt Panzer. Dazwischen mein Ford Mustang. Für Buddy ist es nicht zu kalt. In der Celsius-Siedlung trommeln sich die Kids zusammen. Ein Straßenfest. Lichterfelde brennt. Wir steigen in unsere Uniformen und checken in Sektor Blau ein. Kein Wissenschaftler, der nicht in unserem Rücken Schutz sucht. Eine Frage des Vertrauens. Auf der Suche nach der Identity-Card, dem Zentrallabor. MISS MEGATRANCE arbeitet mittlerweile als Empfangsdame. Die entsprechende Connection. Wir patrouillieren. Sektor Blau. Eiserner Vorhang im Gang A3. Neben dem Vorhang ein Tastenfeld. Zahlenkombination und Identity-Card. Wir sind sehr aufmerksam. Wir, die Wachen. Für jede Zahl ein akustisches Signal. THE RAVEMAN singt schon mit. Ein Weißkittel schlüpft hinein. Kurzer Einblick: höchstens fünf Leute im Labor. Apparaturen, ein Safe. Der Vorhang schließt sich wieder, und THE RAVEMAN singt weiter. Nur eine Frage der Zeit, bis wir die Zahlen kennen. MISS MEGATRANCE wird sich um die Karte kümmern.

ANNA Olli kümmert sich rührend. Ich will das nicht. Ich weiß nicht, was ich getan habe, warum ich mich verstecke, warum alles hinter mir und nichts vor mir liegt. Felix, mein Kleiner, er tötet, für mich, und Tom, der Mörder. Ich schreie und fühle nichts mehr. Olli kümmert sich rührend. Er kann nicht anders. Wenn er da ist. Die Berührungen haben sich verändert. Seine Berührungen. Ich halte still. Wenn er da ist. Er hat Termine. Die Bar. Seine »Gruppe«. Die »Gruppe«. Ich weiß nicht, was das für eine Gruppe ist. Sie organisieren sich. Sie arbeiten. Woran? Ich habe mich ausgeklinkt. Wie Olli gesagt hat. Und ich habe aufgehört zu existieren. Daran denkt er nicht. Die »Gruppe«. Sie haben sich bewaffnet. Ich sehe zu. Er weiht mich nicht ein. Er kümmert sich. Um mich. Die Begleiterscheinung, der er nicht traut. Nicht wirklich. Ich passe nicht ins Bild. Die andere Berührung. Die Gefangene. Freiwillig. Er sorgt für den Wodka. Damit ich stillhalte. Er hat eine Aufgabe. Ich sehe zu. Ich weiß von nichts. Er sagt:

– Geduld.

Während er mich berührt. Ich spüre nichts. Nur mich, die nicht mehr kann.

HAKAN Ich habe versucht, mein Gewissen zu beruhigen, und dieser Wichser Tom sagt, es gibt keinen Deal. Lars hat Glück. Was für ein Glück. Ich fasse es nicht. Er ruft in der Sendung an. Er ist das wirklich. Lars klinkt sich in Toms Show ein und läßt sich interviewen. Kein Zweifel. Er trickst mich aus und labert Scheiße. Und alle hören das. Ich schalte aus, weil ich das nicht ertragen kann.

ANETTE Ich sitze im Aufnahmestudio und mache Notizen, als ich Lars' Stimme höre. Mein Zittern fällt niemandem auf. Tom räkelt sich in seinem Sessel und grinst selbstzufrieden. Lars hält einen Vortrag. Er hat mich also erhört. Er spricht zu uns. Ein Appell. Ich versuche mitzuschreiben. Ich wette, Tom hat einen stehen. Mehnert guckt mir über die Schulter und tätschelt mich. Er sagt:

– Das ist der Renner. Was hältst du davon, Anette?

Ich sage ihm nicht, was ich davon halte. Ich nicke mit dem Kopf und ertrage seine Hände auf meinen Schultern. Er hat keine Ahnung, was das für mich bedeutet. Die Bewegung bekommt ihre Leitfigur. Endlich. Alles läuft nach Plan. Meinem Plan.

FELIX Lars ist nicht zu Hause. Ich warte im »Mysylvska«, weil ich bei ihm pennen will. Keinen Bock mehr auf Darcy. Er kommt erst gegen eins, und ich habe schon ein paar Bier drin. Er erkennt mich nicht gleich, was mich beruhigt. Er gibt ne Flasche Schampus aus und fragt, ob ich den Idioten wirklich abgeknallt hab. Ich weiß nicht, wen er meint, Button oder den Gorilla. Ich sage:

– Ja.

Er schüttelt den Kopf und stößt mit mir an. Er will wissen, was ich noch so vorhab, und ich versuche ihm klarzumachen, daß ich todmüde bin und ins Bett will.

– In welches Bett?

– In deins, du Arschloch.

– Und wenn das nicht läuft?
– Sehr witzig.
– Im Ernst, Kleiner, such dir was anderes.
– Verarsch dich selbst, man. Ich hab jetzt keinen Bock auf diese Scheiße. Ich bin deine Geisel, vergiß das nicht.
– Willst du mich erpressen?
– Warum nicht. Was glaubst du eigentlich, wo ich sonst noch hinkann?
– Tja . . .
– Was ist überhaupt los mit dir?
– Ich feiere.
– Was?
– Meinen Erfolg. Ich hatte einen perfekten Auftritt in Toms Show.
– Toll.
– Ja.
– Ist das alles?
– Für den Anfang.

Lars geht mir auf die Nerven mit seiner Scheiße. Ich habe keine Lust auf seine Spielchen, und der Schampus schmeckt zum Kotzen. Ich will einfach nur schlafen, aber es sieht nicht so aus, als ob Lars sich mit einer Flasche zufriedengibt. Ich frage ihn, ob er Koks hat. Er gibt mir was. Ohne zu zögern. Er spinnt absolut rum. Wir ziehen uns den Schnee rein, und ich halte einfach mein Maul. Er will wissen, ob Darcy gut fickt.
– Besser als du auf jeden Fall.
– Warum gehst du dann nicht zu ihr?

Er lacht sich halbtot. Er ist auf nem falschen Trip, und ich muß es ausbaden. Ihm ist das egal. Ich verziehe mich nach hinten und warte, bis er sich beruhigt.

LARS Felix sieht mit seinen blonden Stoppeln zehn Jahre älter aus, und ich fürchte, er sieht nicht nur so aus.

Ich kippe den Schampus in mich rein, weil das Spiel sich verändert und er keine Ahnung davon hat. Seine Rolle muß neu besetzt werden, was auch immer. Vielleicht wird er gefährlich. Um so besser. Das ist meine Feier. Da klinkt sich keiner mehr ein. Ausverkauf. Was soll's. Meine Jünger schwärmen durch die Gegend und nehmen mir die Arbeit ab. Anette hat gewonnen. Bingo. Ich tue ihr den Gefallen. Sie wird sich wundern. Keiner kann sich sicher fühlen. Ich auch nicht. Punkt für Hakan. Mein Team: Anette und Hakan. Mein Sponsor: Tom. Die perfekte Organisation. Niemand kennt die Regeln. Ich habe sie vergessen. Cheers. Wen interessiert das schon. Ich setze mich zu Felix, schenke uns ein und entschuldige mich. Die Nacht bekommt er noch.

ANETTE Ich fahre zu Lars. Felix sitzt in der Küche, und seine Nase blutet. Lars' linkes Auge ist zugeschwollen. Felix sieht mich an:

– Was will diese Kotzkuh hier?

– Hallo, Felix.

– Ist das wahr, hat er das wirklich gemacht? Ich meine, hat er wirklich dieses Interview gegeben?

– Er war absolut großartig, Felix. Die Sache kommt ins Rollen.

– Er ist der absolut großartigste Wichser, den ich kenne.

Lars steht in der Tür, hält sich einen Eisbeutel aufs Auge und reagiert nicht. Ich setze Wasser auf und sage Lars, daß ich mit ihm zu reden habe. Unter vier Augen. Felix zertrümmert seine Tasse an der Wand, steht auf und schiebt sich an Lars vorbei. Er spuckt Lars ins Gesicht. Lars bleibt ruhig. Felix verschwindet im Schlafzimmer. Ich höre ein paar Geräusche, die ich nicht einordnen kann, und warte, daß endlich irgendwas passiert. Felix steht mit einer großen Tasche wieder vor Lars. Ich glaube, er weint. Er drückt Lars einen Kuß auf den Mund und verzieht sich. Ich verkneife mir, die Sache zu kommentieren, und brühe den Kaffee auf. Lars setzt sich endlich hin und sagt:

– Schieß los.

LARS Anettes Pläne klingen vernünftig, also werde ich vernünftig. Ich bin flexibel. Hakan kann sich abregen, jetzt, wo ich seriös werde. Anette ist skeptisch. Sie will sich trotzdem darum kümmern. Sie küßt mich zum Abschied. Geschäftsabschluß. Ich gewöhne mich daran. Konspirativ. V schreibt einen Leitartikel.

3. Teil

Der Verrat

1

12. 2.–20. 3. 2000

FELIX Ich fahre zu der Adresse, die Anna mir gegeben hat, um zu sehen, wie es ihr geht. Im ganzen Bezirk um den Kollwitz-Platz patrouillieren irgendwelche Bastarde aus Polizisten und Soldaten. Die Fenster sind überall verbarrikadiert. Die Panzerfahrzeuge heben die Straßenverkehrsordnung auf. Ich klingele bei diesem Olli und friere mir den Arsch ab. Der Typ macht auf und will wissen, wer ich bin. Ich sage, daß ich zu Anna will und daß er mich gefälligst reinlassen soll. Er ist mißtrauisch und bleibt an der Tür stehen. Ich frage ihn, ob er meine Geburtsurkunde sehen will, und er gibt nach. Die Bude ist ziemlich klein, aber die Öfen kriegen sie trotzdem nicht warm. Der Typ ist nicht sehr gesprächig. Keine Spur von Anna, obwohl es nach ihr riecht. Ich falle in einen Sessel und warte darauf, daß der Fucker sein Maul aufmacht.

– Ich hab nich viel Zeit. Ich muß zur Arbeit.

– Wo ist Anna?

– Sie ist nicht mehr da.

– Was hast du mit ihr gemacht, du Wichser?

– Bleib cool, man.

– Ich bin cool. Ich will wissen, was du mit ihr gemacht hast.

Der Typ fängt an, mir auf die Nerven zu gehen, und ich fühle mich hier nicht gerade wohl. Er ist höchstens

Mitte Zwanzig und sieht nicht so aus, als wäre er besonders harmlos. Vielleicht hat er Anna umgebracht und zerhackt sie gerade in der Badewanne.

– Ich bin nach Hause gekommen, und sie war weg. Mit ihren Sachen. So einfach ist das.

– Warum hast du sie alleingelassen?

– Ich glaube, sie ist zurück zu deinem Vater.

Ich will dem Typ eine reinschlagen, aber ich habe keine Kraft mehr, um aus diesem bekifften Sessel aufzustehen.

– Du bist ein Wichser, wenn du das glaubst.

– Tut mir leid, Kleiner. Aber Anna ist nicht gerade die Stärkste.

Ich weiß nicht, woher der Idiot das nimmt, so eine Scheiße zu labern. Ich überlege, ob ich meine Magnum rausholen soll, um ihm klarzumachen, was für ein Arschloch er ist.

– Ich muß jetzt los.

Er zieht sich eine Bomber-Jacke an und wartet darauf, daß ich mich verpisse.

– Und woher soll ich wissen, daß du sie nicht gekillt hast?

– Spinn nich rum, man. Ich hab keinen Bock auf diesen pubertären Fuck hier. Sie ist umgekippt, das ist alles. Also was ist jetzt? Ich muß los.

– Ich geh hier nich weg, bevor ich nich weiß, was mit Anna ist.

Der Typ überlegt wahrscheinlich, ob er mir jetzt eine verpassen soll.

– Okay. Du kannst hierbleiben, wenn du willst. Aber ich warne dich. Du gehst nicht ans Telefon, und du machst keinem die Tür auf, ist das klar?

Ich kapier nicht ganz, was hier passiert. Ich bleibe einfach sitzen, und der Typ verzieht sich, ohne noch was zu sagen. Ich rufe zu Hause an, und Anna meldet sich. Ich lege wieder auf und fange an zu heulen. Ich könnte kotzen vor Wut. Kein Mensch weiß, was sie den Gorillas, was sie Tom jetzt erzählt. Wahrscheinlich werfen sie ihr kiloweise Pillen ein und ziehen ihr alles raus, was sie draufhat. Nur eine Frage der Zeit, bis sie die Höhle hier auseinandernehmen. Ich rufe bei Sinan an, aber da nimmt niemand ab. Der Idiot ist wahrscheinlich in der Schule.

Ich passe ihn am U-Bahnhof Gneisenaustraße ab und mache ihm klar, daß es Scheiße für mich aussieht, daß ich nirgends mehr hinkann. Seine Augen sind rot und glasig. Er zittert. Er zieht mich in die Zossener Straße rein, damit die anderen aus der Schule mich nicht sehen. Wir laufen über den Friedhof an der Bergmannstraße hoch zum Columbiadamm. Meine Lippen sind aufgesprungen vor Kälte, und Sinan hat Schweiß auf der Stirn. Wir reden kein Wort. Ich renne ihm einfach hinterher. Vor uns liegt die Wüste vom Flughafen Tempelhof. Sinan schleppt mich auf den Mohammedanischen Friedhof. Ich weiß nicht, was diese ganze Leichenscheiße soll, was er vorhat. Er steuert auf eine Trauergemeinde zu und sagt, daß ich warten soll. Ich sehe Sinan seinen Vater und seine Mutter umarmen, die beide heulen. Sinan stellt sich neben sie ans Grab und heult mit. Ich friere mich kaputt und habe das Gefühl, daß ich das nicht überlebe, wenn mich hier einer sieht. Der Sarg, den sie ins Grab runterlassen, ist ziemlich klein. Ein Kindersarg. Er paßt trotzdem nicht in die Grube. Mich wundert, wie sie überhaupt ein Stück Loch in diesen Eisboden bekommen haben. Wahrscheinlich mit Sprengstoff. Auf jeden Fall paßt der Sarg nicht rein und hängt schräg in der Luft. Sinans Mutter bekommt einen Ohnmachtsanfall, und sein Vater ist zu schwach, um sie aufzufangen. Ich hatte eine andere Vorstellung von islamischen Beerdigungsriten. Bis auf den ständigen Singsang läuft alles wie bei uns. Ich weiß immer noch nicht, was ich hier soll. Ich fange auch an zu heulen. Weil mir schlecht ist. Weil ich nicht mehr kann. Es fängt an zu schneien. Es wird also endlich wärmer. Sie beschließen, die Zeremonie zu beenden, ohne den Sarg wirklich zu versenken. Die Trauernden wenden sich ab und ziehen Richtung Ausgang. Sinan gibt mir ein Zeichen, daß ich ihnen folgen soll. Ich habe keine Wahl. Vor dem Friedhof stehen ein paar Wagen. Sinan verstaut seine Eltern auf einer Rückbank und erzählt ihnen irgendwas auf türkisch. Dann legt er seinen Arm um mich, und wir laufen runter zum Hermannplatz. Ich kann mich kaum noch bewegen, aber ich halte mein Maul. Wir fahren zu Sinans Wohnung. Die ganze Bude ist voll von schwarzumschleierten Türken, die schweigen und Tee trinken. Die Frauen im Eßzimmer, die Männer im Wohnzimmer. Sinan geht zu seinem Vater und flüstert ihm was ins Ohr. Sein Vater guckt zu mir hoch. Ich weiß nicht, was ich machen soll. Schaffe es nicht mal, mich diesem Blick zu entziehen. Ich bin mir sicher, daß er jetzt den Befehl geben wird, mich direkt hier zu steinigen. Aber er guckt mich einfach nur an und nickt mit dem Kopf. Ich nicke zurück, und Sinans Vater fällt wieder in sein Trauerkoma. Sinan schleift mich in sein Zimmer, macht die Tür zu und versenkt seine Faust in der Wand. Ungefähr zehnmal. Ich setze mich auf sein Bett und halte meine Hände vors Gesicht, um endlich aufzuwachen. Sinan setzt sich neben mich, seine Hand immer noch zur Faust geballt. Die Fingerknöchel sind aufgerissen und bluten. Ich mache die Augen wieder zu und höre Sinan sagen:

– Felix, die ganze Sache mit deinem V ist die totale

Scheiße. Da will sich was im großen abspielen, aber es tut niemandem weh. Das, was weh tut, kriegt nämlich niemand mit. Wenn irgendwo noch ein Stückchen Herz vorhanden ist, dann interessiert das niemanden. Da tut es weh, wo noch ein Stückchen Herz da ist. Und das gehört jedem selbst, da ist man ganz allein damit. Immer. Schon immer. Und daran ändert sich nichts. Scheiß auf V. An das Herz kommt er nicht ran. Keiner.

Ich kann damit nichts anfangen, auch wenn ich das genauso sehe. Wen interessiert schon mein Herz. Aber ich weiß immer noch nicht, worauf er eigentlich hinauswill.

– Das in dem Sarg war meine kleine Schwester.

Stille.

– Buttons Bruder?

– Buttons Bruder. Ich habe mich geirrt. Ein Scheißirrtum. Kapierst du's jetzt?

Ich muß pissen, traue mich aber nicht aus diesem Zimmer raus. Nicht jetzt.

– Du kannst hierbleiben, wenn du willst. Mein Vater hat nichts dagegen.

Ich will ihn irgendwie trösten, aber ich kann nur dasitzen und überhaupt nichts tun. Wir bewegen uns beide nicht. Draußen wird es allmählich dunkel, und der Schnee versucht die ganze Scheiße einfach zuzudecken.

Als ich aufwache, liegt Sinan neben mir. Ich glaube, er träumt. Sein Radiowecker zeigt 0 Uhr 30 an, und es schneit noch immer. Ich mache vorsichtig die Tür auf. Die Trauergemeinde ist verschwunden. Sinans Vater sitzt im Wohnzimmer und murmelt vor sich hin. Von seiner Mutter keine Spur. Ich drücke mich aus der Wohnung raus. Ein paar Räumfahrzeuge versuchen, den Schnee zur Seite zu kriegen, aber sie scheitern. Ich bin so ziemlich der einzige, der allein durch die Gegend zieht.

Das fällt mir jetzt erst auf. Daß die Leute nur noch in Gruppen unterwegs sind, und wahrscheinlich hat absolut jeder eine verdammte Knarre in seiner Hose stecken. Ich kämpfe mich durch den Görlitzer Park und laufe Richtung »Nansen-Eck«. Ich komme rechtzeitig. Es brennt noch Licht. Buttons Bruder stellt die Stühle hoch. Ich warte auf der anderen Straßenseite. Meine Schuhe sind durchgeweicht, und mir ist schlecht vor Hunger. Es dauert ewig, bis der Idiot endlich rauskommt und den Laden abschließt. Er ist allein. Er geht die Nansenstraße Richtung Maybachufer. Vielleicht will er sich in den Kanal stürzen und erspart mir die Scheiße. Ich bin Sinan das schuldig. Zumindest rede ich mir das ein, damit ich mich überhaupt hinter dem Idioten herschleppen kann. Er hat ziemliche Mühe, durch den Neuschnee zu kommen. Wahrscheinlich ist er besoffen. Er hält weiter aufs Ufer zu. Ich muß ihn da abpassen. Da ist es dunkel genug. Ich gehe auf die andere Straßenseite und überhole ihn. Er registriert mich nicht. Ich stelle mich auf die Kanalseite und warte auf ihn. Kein Mensch und kein Licht. Als hätte ich das so bestellt. Meine Hand krampft sich um die Magnum. Buttons Bruder kommt, und ich rufe ihn. Er bleibt stehen, guckt zu mir rüber und weiß nicht, wie er reagieren soll. Ich kann nicht erkennen, was er mit seinen Händen macht, aber er ruft meinen Namen, und ich sage:

– Ja. Ich muß dich sprechen.

Er überquert die Straße und torkelt auf einmal überhaupt nicht mehr. Er kommt langsam auf mich zu. Ich bin mir sicher, daß er auch was in seiner Hand hält. Aber ich kann nichts sehen. Ich muß schneller sein. Und ich habe nur einen Versuch. Wenn ich nicht treffe, kann ich mich verabschieden. Es sind nur noch ca. drei Meter, die uns trennen. Ich sage:

– Hallo, Arschloch,

und meine Hand fährt aus der Jackentasche. Mein Arm schnellt nach vorne. Eine waagrechte Linie. Ich drücke ab, ehe Buttons Bruder kapiert, was los ist. Ganz ruhig. Ich sehe den kleinen Funken aus der Mündung schlagen und sehe Buttons Bruder nach hinten in den Schnee kippen. In Zeitlupe. Ich weiß nicht, ob ich getroffen habe. Weiß nicht, ob das ein Trick ist. Ich ziele weiter auf diesen Körper im Schnee und gehe langsam auf ihn zu. Ich habe ihn direkt zwischen die Augen getroffen. Ein sauberer Einschuß. Seine Augen sind weit aufgerissen, und die Schneeflocken fallen darauf. Ich bin ganz ruhig. Es ist das dritte Mal, daß ich auf einen Menschen geschossen habe. Aber es ist das erste Mal, daß ich mir die Leiche wirklich angucke. Daß ich ganz ruhig bin. Daß ich es wirklich tun wollte. Kein Reflex. Ich versuche irgendwas zu spüren, aber da ist nichts mehr. Ich sehe in diese zwei Augen und habe nichts damit zu tun. Ich sehe mich seine Taschen durchsuchen und ein fettes Portemonnaie rausholen. Und ich bin wirklich der einzige Mensch auf dieser beschissenen Welt. Und ich kann einfach weggehen, weil ich nichts damit zu tun habe. Brauche nur über den Kanal zu gehen, das Paul-Lincke-Ufer lang, bei Lars zu klingeln, und alles ist vorbei. Ganz einfach. Und Lars ist tatsächlich da, macht mir die Tür auf und läßt mich rein.

– Hi, Lars.

– Hi, Felix. Tut mir leid. Wegen gestern.

– Schon okay. Geschenkt.

– Sicher.

– Bist du sicher?

– Ja. Warum nicht.

– Genau. Warum auch nicht. Kann ich duschen? Mir ist kalt.

– Sicher.

Das Spiel hat sich verändert. Es ist ein Spiel. Soviel habe ich kapiert. Ich ziehe mir die nassen Klamotten aus und stelle mich unter die heiße Dusche. Von mir aus kann ich für den Rest meines Lebens hier stehen bleiben. Ich bin froh, daß Lars nicht auf die Idee kommt, mitzuduschen. Ich mache die Augen zu und stelle mir einen Wasserfall vor. Ein bißchen Sonne und ziemlich viele Palmen. Lars fragt durch die Tür, ob ich was essen will. Ich wache wieder auf. Wir sitzen uns am Küchentisch gegenüber und schweigen uns an.

– Die Dinge haben sich verändert, Kleiner. Ich weiß nicht, ob du das kapierst.

– Erklär's mir.

– Ich habe keine Lust, darüber zu reden.

– Mach's trotzdem.

– Bist du noch wach?

– Hellwach.

– Ich meine, die ganze Sache mit V. Es war nie ein Plan oder so was. Haß, Wut, was weiß ich was. Ich habe damit angefangen, und es war okay. Es war mein Ding. Und vielleicht habe ich sogar irgendwas gehofft, keine Ahnung.

– Und jetzt?

– Und jetzt flippen alle Freaks aus. Die große Welle. Es knallt und kracht überall. Wir spielen Krieg und rennen irgendwas hinterher. Und dieses Wir, das es sein soll, ist der totale Schwachsinn. Und keiner merkt das.

– Nur du, du merkst es.

– Mir ist egal, was passiert. Das Ganze ist ein Scherz. Dein Vater hat recht.

– Toller Scherz.

– Es ist ein Spiel, Felix, ohne jeden Sinn. Ein Selbstläufer, rein ins Nichts. Dasselbe, wie sonst auch. Ein bißchen lauter, ein bißchen brutaler, aber was soll's.

– Und was willst du jetzt machen?

– Ich spiele mit und warte auf den Untergang.

– Was willst du machen?

– Ich wechsle die Seite, und keiner merkt was.

– Dann bau dir doch einen Freizeitpark. Abenteuerurlaub mit V. Vielleicht wär das was für dich?

– Was?

– Schon gut. Vergiß es.

– Tut mir leid.

– Was tut dir leid?

– Daß ich deine Hoffnung nicht erfüllen kann.

– Was weißt du schon von meiner Hoffnung. Dein Moralkitsch kotzt mich an.

– Einen Freizeitpark meinst du, hm?

– Das paßt zu dir.

– Ja. Gute Idee. Raumbegrenzter Urknall gegen Eintritt. Und jeder fällt drauf rein.

– Ich bestimmt nicht.

– Du bestimmt nicht. Sicher nicht. Weil du ja anders bist. Sicher.

Lars grinst dämlich rum, das nervt. Ich frage ihn, ob ich trotzdem bei ihm wohnen kann, und er sagt, ich soll wieder nach Hause gehen. Das ist deutlich genug. Er sagt:

– Wir sehen uns, Kleiner.

Er verzieht sich ins Schlafzimmer. Ich bleibe am Tisch sitzen, gucke aus dem Fenster und überlege, ob ich einfach rausspringen soll. Es wird wieder hell. Vielleicht ist schon Sommer, und alle haben das vergessen. Keiner merkt was. Und der Himmel regelt das auf seine Weise. Ich laufe zurück zu Sinans Wohnung und werfe ein paar Schneebälle gegen sein Fenster. Er macht mir auf. Sein Vater sitzt noch genauso in seinem Sessel wie vorhin. Sinan will wissen, wo ich war. Ich sage ihm, daß ich meine

Schuld beglichen habe. Sofern das überhaupt möglich ist. Er versteht mich nicht. Ich sage:

– Buttons Bruder.

Sinan sieht mir in die Augen. Die Tränen laufen ihm runter. Er nimmt mich in den Arm. Aber er drückt zu. Quetscht mir die Luft ab, und ich kann mich nicht wehren. Ich habe Angst, daß er jetzt durchdreht. Mich umbringt, weil ich mich eingemischt habe. Weil er nicht rafft, was los ist. Aber er beruhigt sich wieder. Will wissen, ob ich bei ihnen bleibe. Ich sage, daß ich es mir noch überlege. Daß ich keine Ahnung habe, was jetzt passiert. Er zuckt nur mit den Schultern, und wir sehen zu, daß wir aus diesem Mausoleum verschwinden.

LARS Ich fahre zu Hakan. Er wartet auf Anette, läßt mich aber trotzdem rein. Ich sage ihm, daß es mir leid tut. Mein neuer Standardspruch. Er will wissen, was mir leid tut. Anette kommt. Konspirativ. Ich erkläre Hakan die Welt:

– V hat sich geirrt. Bis jetzt. Er wollte was. Das ist ein Fehler. Es ändert sich nichts. Es sieht nur so aus. Es läuft immer in die falsche Richtung. Also klinke ich mich ein und nutze das aus. In deinem Interesse, Herr Anwalt. Man schreibt ein paar Briefe, ein paar Autos und öffentliche Gebäude fliegen in die Luft, und schon kriechen sie aus ihren Löchern, brennen sich das entsprechende Zeichen ein und glauben, loszuziehen, sich zu bewegen. Aber jede Bewegung, die man macht, wird ausgenutzt. Von der angeblich anderen Seite. Die macht sich stark daran. Und keiner merkt das, wie lächerlich das wird. Es ist das letzte Zucken, und es wird abgefangen, weil es im Vakuum bleibt, das jeder um sich gebildet hat. Und wenn man wirklich was tun will, dann muß man das klar machen. Die ganze absurde Scheiße aufdecken. Sie in Bahnen lenken, wo sie sich endlich selbst erkennt. Das ist seriös, Hakan, in deinem Sinne, und es läßt sich noch daran verdienen. Was meinst du?

– Ich meine, daß du dich rauswindest und daß ich kein Wort von diesem Schwachsinn verstehe. Außer daß dein: »Ich habe mich geirrt« der Schritt in die Korruption ist. Der absolute Verrat.

– An wem? Wen verrate ich? Ich habe niemanden auf meine Party eingeladen, und wie diese Party läuft, bestimme immer noch ich.

– Die pure Verachtung, Lars. Du verachtest jeden, außer dich selbst.

– Es gibt noch die eine oder andere Ausnahme.

– Danke, ich fühle mich wirklich sehr geehrt. Da draußen will kein Mensch irgendwas, da passieren ganz andere Dinge, und das weißt du.

– Hört sich so an, als würdest du neuerdings dazugehören.

– Wozu, du Wichser?

– Sieh an, er versteht.

– Ich nehme an, du findest das alles voll okay?

Er fixiert Anette, die ihn anlächelt:

– Ich verstehe das als Aufklärung, Hakan. Warum sollen wir uns nicht der Mittel bedienen, die man uns anbietet, um etwas zu erreichen?

– Was zu erreichen?

– Daß es nicht so weitergeht.

– Wow. Ich bin beeindruckt. Und was wird mit euren Sprengstoffangriffen? Was wird damit? Das ist doch viel einfacher, viel logischer.

– Das übernehmen die anderen, wie man unschwer erkennen kann. Wir sind da mittlerweile überflüssig. Wir wollen sie nur lenken. In die richtige Richtung lenken.

Ich könnte Anette für diesen Mist in die Fresse schlagen und mich gleich mit. Aber es ist mir egal. Solange sie dran glaubt, wird die Sache vielleicht wenigstens lustig. Und schließlich geht es auch um Hakan. Es geht immer nur um Hakan. Worum auch sonst. Er steckt in der Klemme. Er will damit nichts zu tun haben, und er will Anette, und vielleicht will er mich retten. Einfach so, wegen den alten Zeiten. Was weiß ich. Zwickmühle. Er will wissen, was wir vorhaben. Anette sagt, daß wir einen Exklusivvertrag mit Paul machen, um ständig präsent sein zu können. Er sponsert die Plakataktion und veröffentlicht Artikel von V. Das ist der Anfang. Hakan bleibt skeptisch:

– Das wird die Leute, die Krieg spielen, kaum interessieren.

Ich rücke endlich raus damit:

– Sie sollen weiter Krieg spielen. An vorgegebenen Orten. Wir brauchen eine Versammlungsstätte. Die Konzentration. Einen Ort, wo alles möglich ist, der sämtliche Aufmerksamkeit auf sich zieht, der unantastbar ist.

Anette fragt:

– Was soll das sein?

Sie ist nervös, weil ich sie nicht zuerst eingeweiht habe.

– Eine Art Freizeitpark. Ein Abenteuerspielplatz.

– Drehst du jetzt durch, Lars?

Anette ist entsetzt. Sie versteht kein Wort. Hakan hält sein Maul und sieht mich einfach nur an. Ich habe keine Lust, das jetzt zu erklären. Ich weiß selbst noch nicht genau, wie ich das meine. Wie Felix das gemeint hat. Ich weiß nur, daß es der richtige Weg ist, um die Sache auf die Spitze zu treiben. Um jedem, absolut jedem zu zeigen, was für gottverdammte Idioten wir sind und daß das das einzige ist, was diesem Wir eine Berechtigung verschafft. Ich könnte kotzen. Weil ich die Worte für mich abschaffen wollte, mein Hirn leerfegen wollte und jetzt nichts anderes mache, als zu reden, alles zu erklären. Ich habe mich also geirrt. Nicht so, wie sie das annehmen. Viel schlimmer. Aber ich werde diesen Irrtum auskosten. Fange ich also wieder ordnungsgemäß an zu denken und zu reden. Wie es sich gehört. V, der Aufklärer. Der absolute Hohn. Und alle spielen mit.

– Also, was ist jetzt, Lars?

– Ja, was ist. Es ist ganz einfach. Wir organisieren den allgemeinen Terror selbst. Wir reglementieren ihn. Wir verdienen Geld damit. Das ist es. Und niemand wird unfreiwillig verletzt. Alles auf eigene Gefahr. So einfach geht das.

– Wie geht das, Mr. V?

– Wir erklären ein riesiges, abgesperrtes Areal zum Kriegsgebiet, in dem sich jeder nach seinen Wünschen und Überzeugungen austoben kann. Ständige Übertragungen von sämtlichen Aktivitäten jeder Gruppierung. Eine riesige Arena. Ein riesiger Schaukampf jeder gegen jeden. Alles offiziell: Gegner, Waffenausgabe, Trainingslager. Dasselbe wie jetzt, nur offiziell und mit der Gewähr, daß es sich nicht totläuft. V errichtet sein Terrordrom. Seinen Staat im Staat. Und alle glauben ihm das und spielen mit. Eine gigantische Spielothek.

– Für wie bescheuert hältst du die Leute?

– Alles eine Frage des Marketings. Behauptung ist alles. Sie sind bescheuert genug. Auf jeden Fall.

Hakan und Anette starren mich an. Wie einen Aussätzigen. Ich bin ein Aussätziger. Wie alle anderen auch. Was soll's. Anette holt ihren Schreibblock und einen Stift raus. Sie will es jetzt genau wissen. Ich sage, daß ich nichts mehr sage. Daß sie ein Date mit Paul und Tom machen soll. Hakan hat Sorge, daß die beiden mich auffliegen lassen. Das rührt mich. Er kann sich nicht entscheiden. Meine Chance. Anette traut mir nicht, will die Sache aber trotzdem ins Laufen bringen. Sie küßt uns zum Abschied auf die Wangen. Konspirativ. Hakan stellt sich was anderes vor. Er ist jetzt mein Anwalt und weiß es nicht. Ich sage, daß ich jetzt auch gehe, und es ist ihm egal.

– Wir sehen uns, Hakan.

– Sicher.

Alles ist sicher. Man versichert sich ständig gegenseitig, und kein Mensch ist noch sicher. Ich tanze am Abgrund und will endlich abstürzen. Statt dessen stapfe ich durch ungeheure Schneemassen, ohne zu wissen, wo das besser wird. Der Haß wütet überall. Das einzige, was stimmt. Was möglich ist. Das logisch ist. Haß ist die Konsequenz. Nichts sonst. Und er entlädt sich, zwangsläufig. Und verpufft. Im Nichts. Auf nichts gerichtet. Nicht auszulöschen.

Ich zähle bis zehn und stehe immer noch in dieser Scheiße rum. Die Panzer schaufeln den übriggebliebenen Autos den Weg frei. Kein verdammter Soldatenbastard, der für mich kehrt. Ich erfinde die Berufsarmee für dieses Land. Sie werden's mir noch danken. Ich schaffe es bis zum Mehringdamm. Ohne einen Plan. In meinem Sumpf. Es ist beschlossene Sache: Ich finde nicht mehr statt. Aus der Welt raus ins Meer der Toten. Da lebe ich jetzt. Ich werde sentimental. Also gehe ich in den »Bierexpress« und fange an, mich vollzusaufen. Ohne weiter aufzufallen. Bier und Korn und Korn und Bier. Herzlichen Glückwunsch. Hinter dem Wirt eine Karibikpostkarte. Eine Theke versperrt mir den Fluchtweg. Hier beschäftigt man sich mit seinem Getränk. Das ist das Wesentliche. Man verrät sich nicht. Und wenn man sich an den Gestank gewöhnt hat, fängt man an, sich wohl zu fühlen. In meinem Meer der Toten. Ich bleibe sentimental. Und sehne mich zurück zum Cyberspace meiner Wunschvorstellungen. Statt dessen meine Fresse auf den Titelbildern. Herzlichen Glückwunsch. Ich habe genug Geld, um mich hier totzusaufen, ganz langsam. Vielleicht schlitzen meine eigenen Leute mir den Bauch auf. Das würde mich beruhigen. Die eigenen Eingeweide fressen und daran ersticken. In der Ecke steht ein Typ, der leuchtet. Ich sage ihm das, daß er leuchtet, und er grinst. Er behauptet, ein eineiiger Zwilling zu sein. Das ist eine Horrorvorstellung, daß es ihn gleich zweimal geben soll. Ich sage ihm, daß das unmöglich ist. Er schenkt mir eine rote Plastikrose und sagt, daß er jetzt geht. Er steht ganz nah vor mir, aber ich kann ihm nicht in die Augen gucken. Er sagt:

– Wenn ja, dann ja, wenn nicht, dann,

und verschwindet nach draußen. Ich bleibe bei meinem Bier hängen und lasse ihn gehen. Obwohl ich genau weiß, daß er es ist, mit dem ich aus dieser Welt heraus sollte. In die Karibik. Zum Beispiel. Nur um zu sehen, was da passiert. Ob man das aushält. Ich starre auf die Postkarte hinter der Theke. Wahrscheinlich ist der Absender ein Stammgast, der im Sand unter den Palmen an nichts anderes als den »Bierexpress« denken kann. Ich rufe bei Hakan an und sage ihm, daß ich nirgends hinkann. Er fragt mich, wo ich bin. Ich will sagen: »Aus der Welt raus, in einem Meer der Toten«, aber ich sage:

– Ich weiß es nicht. Hinter der Theke hängt eine Postkarte aus der Karibik.

Er sagt, daß ich zu ihm kommen soll. Herzlichen Glückwunsch. Vielleicht werde ich unterwegs wenigstens erschossen.

NICO Sektor Blau. Ich trete meinen Dienst an. Wir finden die Melodie der Zahlentastatur nicht. THE RAVE-

MAN erklärt mir, daß Betsi Baller und Fred Faser sich neutralisiert haben. Daß sie nicht mehr stattfinden. Er behauptet, daß Betsi Baller keine Formel hat und niemals hatte. Ich verstehe das nicht. Wir patrouillieren. Wir eskortieren den Direktor Paul Mehnert und seinen Begleiter, den russischen Konsul Kafelnikow zum Labor. Ich bin sehr aufgeregt. Der Direktor fordert uns auf, mit ihnen in das Labor zu kommen. Er kennt die Melodie. Sektor Blau. Wir sind drin. THE RAVEMAN schwitzt. Buddy bleibt ganz cool. Ein Experiment. Der Direktor will dem Konsul die Ergebnisse vorführen lassen. Wir sind dabei, und sie haben keine Ahnung, wer bei ihnen ist. Wer sie bewacht. Sektor Blau. Die Formel ist vollendet. Betsi Baller ist überflüssig. THE RAVEMAN hat recht. Der Direktor kollaboriert mit den Russen. Kafelnikow. Von Anfang an. Betsi Baller und Fred Faser das Ablenkungsmanöver für Buddy, der das jetzt sieht. Und keiner weiß, daß Buddy das jetzt sieht. Nur THE RAVEMAN weiß das. Und keiner kennt THE RAVEMAN. Die Weißkittel arbeiten und erklären. Der Direktor und Kafelnikow sind aufmerksam. Wir lauschen und schauen mit. Buddy und THE RAVEMAN. Im Zentrum von Sektor Blau. Die Demonstration. Sie brauchen einen Freiwilligen. THE RAVEMAN wird zum Freiwilligen bestimmt. Die Eskorte löst sich auf. THE RAVEMAN darf sich nicht wehren. Er grinst mich an. THE RAVEMAN ist für jeden Trip zu haben. Der Direktor beglückwünscht ihn. Kafelnikow sitzt in einem Sessel und grinst. Buddy schwitzt jetzt. Ein Weißkittel zieht eine Spritze auf Er erklärt THE RAVEMAN die Injektion: ein Aufputschmittel. Daß er auf Touren kommt. Damit er wild wird. Sie nehmen ihm die Waffen ab. Der Weißkittel bringt die Injektion in seinen Arm. THE RAVEMAN schließt die Augen. Sie führen ihn in einen Kasten aus Plexiglas. Der Plastikkasten ist ca.

drei mal drei mal drei Meter groß. Sie geben THE RAVEMAN einen Gummiknüppel in die Hand und verschließen ihn in diesem Kasten. THE RAVEMAN wacht auf. Er ist auf seinem Trip. Er wird wild. Er schreit. Er schlägt gegen das Plexiglas. Mit den Fäusten. Er tobt. Er nimmt den Knüppel. Ausbruchsversuche. Schreie. Die Weißkittel sind zufrieden. Sie fragen den Direktor und Kafelnikow, ob sie bereit sind. Der Direktor gibt das Zeichen. Das Experiment kann beginnen. Ich entsichere meine Dienstwaffe. Niemand bemerkt das. THE RAVEMAN tobt und wütet. Die Bestie. Nebel breitet sich im Inneren des Plexiglaskastens aus. Der Weißkittel sagt:

– Gas. Normalerweise sieht man es nicht. Es ist unsichtbar. Jetzt sieht man es. Zur besseren Demonstration des erfundenen Gases.

Der Direktor nickt verständnisvoll. THE RAVEMAN atmet das Gas ein. Seine Bewegungen werden langsamer. Er scheint sich zu beruhigen. Er geht im Kreis. Der Nebel verflüchtigt sich. THE RAVEMAN schlägt nicht mehr um sich. Er bleibt stehen. Ich glaube, er lächelt. Ich glaube, er erstarrt. Seine Augen sind aufgerissen. Zwei Weißkittel öffnen den Kasten und gehen rein. Noch vor zwei Minuten hätte THE RAVEMAN ihnen den Schädel zertrümmert. Sie gehen auf ihn zu. Der eine schlägt ihm ins Gesicht. THE RAVEMAN grinst. Der andere fordert THE RAVEMAN auf, ihm den Knüppel zu übergeben. Ganz langsam hebt THE RAVEMAN den Arm und reicht dem Weißkittel den Knüppel. Der Weißkittel befiehlt THE RAVEMAN, sich hinzuknien. Die Arme hinter dem Kopf zu verschränken. THE RAVEMAN sinkt auf die Knie und verschränkt die Arme hinter seinem Kopf. Der Weißkittel will, daß THE RAVEMAN ihm folgt. THE RAVEMAN rutscht auf seinen Knien dem Weißkittel hinterher. Das ist kein Spiel. Buddys Erwartungen werden übertroffen. Der Weißkittel reicht THE RAVEMAN ein Messer. THE RAVEMAN nimmt das Messer und geht nicht auf den Weißkittel los. Der Weißkittel sagt, daß THE RAVEMAN mit dem Messer einen Schnitt über seine Stirn ziehen soll. THE RAVEMAN ritzt sich die Stirn auf. THE RAVEMAN gibt das Messer zurück. Er sieht glücklich aus. Kafelnikow fragt, wie lange die Wirkung anhält. Der Weißkittel erklärt, daß sie eine sehr geringe Dosis verwendet haben und der Probant in fünfzehn Minuten wieder das Bewußtsein erlangt. Bei maximaler Dosierung des Gases wird die Wirkung zwei Stunden andauern. In avisierten Einsatzgebieten ausreichend Zeit, um die »behandelten« Personen zu befrieden und zu internieren. Kafelnikow nickt zufrieden. Der Direktor ist stolz. THE RAVEMAN hockt noch immer auf seinen Knien. Das Blut tropft vor ihm auf den Boden. Ein Weißkittel behandelt die Wunde. Alle warten darauf, daß THE RAVEMAN wieder zu sich kommt. Buddy zählt die Sekunden. Er schwitzt. Nach fünfzehn Minuten verkrampfen THE RAVEMANS Hände zu Fäusten. Er hustet. Er schüttelt sich. Er ist zurück. Er blickt um sich, tastet an seine Stirn. Er versucht aufzustehen. Ein Weißkittel stützt ihn. THE RAVEMAN fragt:

– Was ist passiert? Wann beginnen wir mit dem Experiment?

Der Direktor, Kafelnikow und die Weißkittel applaudieren. Buddy hält sich zurück. Er ist im Dienst. Sektor Blau. Er wird es THE RAVEMAN später erklären. Der Direktor bedankt sich bei ihm. Er bittet Kafelnikow aus dem Labor hinaus. Wir eskortieren sie. THE RAVEMAN bekommt seine Dienstwaffen zurück. Die Eskorte erhält Sonderurlaub. Wir verlassen Sektor Blau. Der Direktor und Kafelnikow verabschieden sich nicht von uns. MISS MEGATRANCE teilt uns mit, daß sie sich am Abend mit einem Weißkittel aus Sektor Blau treffen wird. THE RAVEMAN muß kotzen. Wir verlassen das Gebäude. Buddy erklärt THE RAVEMAN, was passiert ist. THE RAVEMAN sagt:

– Yeah!

In meiner Wohnung höre ich den Anrufbeantworter ab, während ich meine Uniform bügele. Tom versteht nicht, warum ich ihm meinen Berufswechsel nicht mitgeteilt habe. Tom versteht nicht, warum ich mich nicht für seine Arbeit interessiere. Tom behauptet, daß er sich um mich sorgt. Mein Bruder ist jetzt eine wichtige Person. Da kann Nico stolz sein, daß so eine wichtige Person sich um ihn sorgt. Aber Buddy will nicht, daß Nico sich darauf einläßt. Nico löscht das Band. Seine Hände zittern. Nico. Buddy. Ich weiß nicht, was mit mir passiert. Wo ist Buddy, wenn Nicos Hände zittern. Oder zittern meine Hände, wenn Nico dabei zusieht, weil Buddy ihm im Nacken sitzt. Oder zittern Nicos Hände, und ich höre Buddy, der mich auslacht. Aber warum hat Betsi Baller eine Formel, die sie nicht hat, und was hat Fred Faser mit den Russen zu schaffen. Was hat Gerassimows »Stalin im Regen« für eine Bedeutung, wenn er keine Bedeutung hat. Einem von uns dreien ist schwindelig oder von uns zweien, weil ich vielleicht immer Buddy oder Nico bin und nie einfach ich. Aber jetzt ist mir schwindelig, und ich weiß nicht, wer das gerade ist, Nico oder Buddy, also ist es vielleicht doch gerade einfach ich, Nummer drei, und ich gehe aufs Klo und mir ist schlecht, und ich kotze. Und kein Nico oder Buddy, der mir dabei hilft. Nico darf Buddys Mission nicht im Weg stehen, und ich weiß das, und ich bin Nico, und ich bin Buddy, und ich stehe niemandem im Weg. Keine Gefahr. Jetzt geht es mir besser. Ich rufe THE RAVEMAN an, und ihm geht es auch nicht schlechter. Er hat das Experiment gut überstanden. Alles, was zählt: das Geheimnis der NOVA in unserem Besitz. Wir arbeiten daran. Nico und Buddy sind sich einig. Ich habe nichts dagegen. Wir ruhen uns aus, auch wenn ich nicht alles verstehe.

– Darauf kommt es nicht an,

sagt Buddy, und Nico macht die Augen zu. Ich schlafe ein und träume weiter. Viel weiter.

LARS Hakan und Anette begleiten mich zu Mehnert und Tom. Das Verlagsimperium in der Kochstraße noch immer die Festung. Anette zeigt ihren Ausweis, die Gorillas tasten uns ab. Wir passieren ohne Schwierigkeiten. Auf dem Weg ins Zentrum. Ich sehe Tom das erste Mal aus der Nähe. Ich sehe Paul Mehnert. Anette stellt uns vor. Wir reichen uns die Hände. Toms Hand ist weich und feucht. Er grinst mich an und fragt, ob ich keinen Schiß habe in der Höhle des Löwen. Hakan schiebt sich vor und sagt:

– Wir haben kein Interesse am Austausch von Höflichkeiten. Wir sind hier, um ein Geschäft zu machen. Sollten wir in drei Stunden nicht wieder hier raus sein, werden Sie der erste sein, der das bereut.

– Wollen Sie mir drohen?

Paul Mehnert mischt sich ein:

– Beruhige dich, Tom. Bitte, setzen Sie sich doch. Darf ich Ihnen etwas anbieten?

Paul Mehnert ist souverän. Hakan hat die Sache im Griff, Anette bringt die Getränke. Ich setze mich neben Tom, und Hakan breitet die Unterlagen aus. Ich erkläre Paul Mehnert, daß alles auf seinen Einfluß, seine Kompetenzen, seine Macht ankommt:

– Die Grenze des Terrordroms soll das gesamte Gebiet mit vorhandenen und im Bau befindlichen Regierungsgebäuden, Botschaften etc. einschließen. Also vom Reichpietschufer, Hofgartenallee im Westen über Invaliden- und Torstraße im Norden bis Alexanderplatz im Osten und Moritzplatz, Oranien- und Kochstraße im Süden. Der ganze Bereich, den die Hauptstadtplanung umfaßt, ist das Terrordrom. Die Bauarbeiten an den Gebäuden werden sofort eingestellt. Statt dessen wird eine Mauer hochgezogen. Vier Eintrittspunkte: Siegessäule im Westen, Oranienburger Tor im Norden, Alexanderplatz im Osten und Anhalter Bahnhof im Süden. Hochsicherheitstrakt Terrordrom. Bonn bleibt Hauptstadt. Vs Terrordrom – das Zentrum der kontrollierten Eskalation. Land der unbegrenzten Möglichkeiten. Der Fake des Jahrhunderts. Und alle sind zufrieden.

Paul Mehnert hängt über den Plänen und vollzieht den Verlauf der Mauer nach. Tom fixiert Anette. Hakan fragt Mehnert, was er von dem Projekt hält, wie er die Chancen einschätzt. Mehnert lehnt sich zurück, den Zeigefinger zwischen Nase und Oberlippe. Hakan wird nervös. Mehnert will wissen, wie ich die Leute dazu bringe, da reinzugehen, sich damit zufriedenzugeben.

– Es muß wie eine Besetzung aussehen. Wir besetzen das Areal. Wir bauen die Mauer. Wir grenzen uns ab. Wir müssen klarmachen, daß die Eskalation ins Zentrum vorrückt und nur da in Bewegung bleiben kann. Und genau da bekommen sie ihren Spaß geboten und können sich austoben, abreagieren. Ständig mit Nachwuchsfeinden versorgt, bis sie vergessen, daß es ein probierter Aufstand ist. Bis es das ist, was es ist: just for fun. Spaß. Und die, die das kapieren und anderes wollen, werden versuchen, das Terrordrom zu sabotieren, und schon hat man wieder neue Brandherde, Abenteuer, Kämpfe. Was auch immer passiert, es reduziert sich auf das Gebiet des Terrordroms, das den Status eines unabhängigen Territoriums erhält. Hier wird alles entschieden. Es gibt keine Verlierer und keine Sieger, und alle halten sich für potentielle Sieger und machen weiter. Dafür müssen wir sorgen. Wir, die unsichtbare Kontrolle.

– Wie soll sich das finanzieren?

– Die Leute investieren, wie bisher auch. Ein Geschäft. Wir bieten die Ware. Dazu Merchandising für die, die draußen bleiben, Pay-TV für Live Übertragungen etc. Es ist ein Markt mit anderen Vorzeichen, die wir zu steuern haben.

Tom sagt, daß das im Leben nicht klappen kann. Paul Mehnert sagt, daß das genial ist. Daß das Innenministerium und das Kanzleramt bereits informiert sind. Daß die Sache weiter ausgearbeitet werden muß. Daß das Terrordrom voraussichtlich in zwei bis drei Monaten eröffnet werden kann. Ich glaube nicht, daß das so schnell geht, und Mehnert sagt, daß ich ihn nicht unterschätzen soll. Daß die einzige Chance, die das Projekt hat, die schnelle Realisierung ist. Wir stimmen zu, und Hakan prüft die Vorverträge. Ich frage Tom, wie es Felix geht. Er läuft rot an, aber er beherrscht sich und sagt, daß er keine Ahnung hat. Daß ich es ihm sagen soll. Ich sage, daß ich auch keine Ahnung habe, weil ich auch nicht weiß, wo er ist, und Tom beruhigt sich. Ich bin seine einzige Sorge, aber ohne mich findet er nicht statt. Soviel hat er kapiert. Und Paul Mehnert ist der Chef in diesem Land, und mich wundert, daß mich das überrascht. Wir bekommen unbefristete Passierscheine für das Verlagsgelände, und Hakan macht Termine aus. Es hat aufgehört zu schneien.

NICO MISS MEGATRANCE trifft den Weißkittel und zaubert die Identity-Card aus seiner Hosentasche. THE RAVEMAN feiert ein Fest. Wir feiern mit. Location unbekannt. Aber es ist heiß. Uns fehlt die Melodie. MISS MEGATRANCE tröstet Buddy. Niemand tröstet Buddy, weil man Buddy nicht zu trösten braucht. Es gibt zwei Möglichkeiten: 1. das Labor im Sektor Blau besetzen. Geiseln. Ein einziger großer Angriff, das ganze Material auf einmal in die Luft jagen. 2. Die Formel entwenden – Spionage, Diebstahl. Eigene Versuche. THE RAVEMAN, der Chemiker. Wir sind mobil. Perrmanente Abgabe. Kleine Dosis. Das bedeutet: mehr Aufwand. Mehr Zeit. Ein Labor. Wir haben kein Labor. Alles eine Frage der Organisation. Buddy organisiert das. Buddy kann sich nicht entscheiden. MISS MEGATRANCE leckt an der Identity-Card. THE RAVEMAN sagt:

– We're one family.

Die Körper senden ihr V in die Luft. Und auf den Boden. Die Verwechslung. THE RAVEMAN erhöht die Schlaggeschwindigkeit. Wir müssen uns entscheiden. THE RAVEMAN feiert sein Fest. Heute werden wir uns nicht entscheiden. Noch fehlt die Melodie. Wenn die Körper sich vermischen. Buddy mischt sich ein. MISS MEGATRANCE. Ich lasse los. Underground. UNDERWORLD. MISS MEGATRANCE. THE RAVEMAN. Location unbekannt. Der Countdown läuft.

FELIX Sinan zeigt mir seine »Tschechische Skorpion«. Daneben sieht meine Magnum wie ein Witz aus. Ich frage nicht, wo er sie her hat. Ich sage, daß ich das gut finde, daß er sich absichert. Er zeigt mir den Finger und schiebt die Waffe hinten in den Gürtel zurück. Wir wollen ins »Casino«, um uns ein bißchen abzulenken, müssen aber am Alex aus der S-Bahn raus, weil ein paar Idioten am Hackeschen Markt die Schienen auseinandergebombt haben. Wir laufen die Dircksenstraße lang. Es steht kein Haus ohne V Graffiti rum. Ich glaube, hier weiß kein Mensch mehr, wer eigentlich wen abknallen soll. Sinan ist das egal. Etwas stimmt nicht mit ihm seit der Sache mit seiner Schwester. Aber ich lasse ihn in Ruhe. Überall hängen die Soldatenbastarde rum, aber man kann sie kaum noch von den anderen Idioten unterscheiden. Sie hängen zusammen rum und machen ihre Deals perfekt. Die Aufsicht wird korrupt. Zwei Uniformen machen uns an, ob wir was brauchen: Waffen, Munition, Heroin. Sinan sagt, daß sie sich verpissen sollen. Ich habe kein gutes Gefühl dabei. Die eine Uniform meint, daß wir cool bleiben sollen, wenn wir keinen Streß wollen. Ich ziehe Sinan weiter, aber die beiden lassen uns nicht in Ruhe:

– He, ihr Wichser, was ist los mit euch? Seid ihr impotent oder was?

Sinan tastet mit seiner rechten Hand auf seinen Rükken. Er hat das nicht geübt. Er ist zu langsam. Außerdem haben die Bastarde MGs vor ihren fetten Bäuchen hängen. Ich kann Sinan zurückhalten, aber die Fressen bauen sich vor uns auf:

Keine Munition, kein Heroin?

– Nein danke, wir sind versorgt.

– Und ihr meint, ihr könnt hier einfach so passieren? Das meint ihr doch?

Die Bastarde haben ihr Revier abgesteckt und sahnen ab. Und kein Mensch erledigt sie, weil alle sich durch diese Fressen versorgen. Lars hat recht. Die Sache ist ein Selbstläufer. Nur daß V nichts mehr damit zu tun hat. Ganz klar.

– Wir gehen hier durch. Wenn's dir nicht paßt, loch uns doch ein.

Sinan sagt das ziemlich cool. Die beiden Bastarde lachen sich trotzdem halbtot und fummeln an ihren MG-Schwänzen rum. Ein paar Kids ziehen an uns vorbei und sind froh, daß die Uniformen an uns dran sind, daß sie ohne Schwierigkeiten durchkommen. Die pissen sich eher in die Hose, als uns zu helfen, und ich bin sicher, daß jeder von ihnen seine Wumme im Gürtel stecken hat. Ich könnte kotzen.

– Also, was ist jetzt, Jungs?

Ich weiß nicht, was das Arschloch von uns will. Sinan ist in eine andere Dimension übergetreten. Auf ihn kann ich nicht zählen.

– Was wollt ihr, Mr. Uniform? Wir haben sowieso nichts.

– Ihr habt zwei Kinderärsche, wie wär's damit?

Es ist klar, daß die zwei sich nicht davon abbringen lassen. Sinan bringt sich eher um, als da mitzuspielen. Kein Mensch, der sich hier für unser Problem interessiert. Die zwei Bastarde drängen uns zu ihrem Panzerbus. Sinan nimmt mich nicht mehr wahr. Ich achte nur auf seine Hände, um es wenigstens im gleichen Moment zu tun. Ich höre zwei dumpfe Schläge, ohne daß Sinan sich bewegt hat. Ich drehe mich um und sehe die Bastarde im Schnee liegen, mit der Fresse nach unten. Statt dessen steht Olli mit seiner Gang und ein paar Baseballschlägern hinter uns. Sinan sagt:

– Cool, Bruder.

Damit hat sich die Sache für ihn erledigt, und er geht an ihnen vorbei, als wäre nichts gewesen. Olli will mir irgendwas erzählen, von wegen, was ich hier mache und ob mir klar ist, daß die Aktion jetzt Streß im ganzen Bezirk macht. Aber Olli ist mir scheißegal, und ich sage:

– Danke, Bruder. Fick dich in dein eigenes Knie.

Ich hole Sinan ein, der seinen Arm um mich legt und sagt:

– Das wird ein lustiger Abend.

Ich drehe mich nicht mehr um, aber Olli und seine

Leute scheinen andere Sorgen zu haben, als mich weiter aufzuklären, und sie lassen uns in Ruhe. Das »Casino« hat zu, weil es abgebrannt ist. Sinan besteht drauf, im »Eimer« vorbeizugucken. Ich kenne den Laden nicht und habe keinen Bock drauf, aber ich will Sinan nicht die Laune verderben. Wir dealen ein bißchen Speed an, und Sinan sorgt dafür, daß wir uns am Einlaß vorbeidrücken können – die Türkenconnection. Unter Brüdern. Der Laden bricht auseinander, aber man kann schwitzen. Das ist okay. Ich hole das Bier. Wir fahren das Speed ein und verschwinden in der Woge. Der DJ turnt auf der Empore vor einem riesigen V-Transparent rum. Ich versuche, Sinan nicht aus den Augen zu verlieren, aber das kann ich mir sparen, weil er sich an mich drückt und nicht aufhört damit. Was kein Wunder ist, weil sich hier jeder gegen jeden drückt und alles nur ein Körper ist. Ich komme langsam drauf. Gegen vier verziehen wir uns. Sinan labert mit dem Türsteher rum, und fünf Minuten später hocken wir in einem aufgerüsteten Van, der uns ungehindert nach Kreuzberg bringt. Die Türkenconnection. Ich glaube, daß es wärmer geworden ist. Daß das Eis taut. Aber ich bin auf nem Trip. Wir rauchen in Sinans Zimmer noch ein paar Kippen, ohne was zu reden. Ich bin nicht müde. Ich muß an Anna denken, die vielleicht schon an irgendwelchen Schläuchen hängt oder in sonst was für einer Klinik krepiert.

– He, Sinan.

– Was is?

– Ich hab nur an meine Mutter gedacht.

– Ja.

– Ich denk die ganze Zeit dran.

– Ja.

– Vielleicht ist es woanders anders. Besser.

– Wir kommen hier nicht raus.

– Vielleicht ist es woanders besser.
– Vielleicht.
– Stellst du dir das auch manchmal vor?
– Ja.
– Ich meine, wie stellst du es dir vor?
– Ganz ruhig. Und hell. Und warm. Kein einziger abgewichster Idiot, der was von mir will. Ein paar Leute, die cool sind und sich um nichts Gedanken machen. Die sich nichts vorstellen müssen.
– Das wäre cool.
– Ja.
– Sinan? He, Sinan.
Er antwortet nicht mehr. Ich höre seinen gleichmäßigen Atem und drehe mich zu ihm hin und sehe auf seinen Hinterkopf, auf seinen Rücken. Es ist ganz still und warm. Ich verstehe nicht, warum man so scheißallein ist auf dieser Welt. Ich stelle mir das vor: irgendwo, ganz ruhig und hell und keine Gedanken mehr. Ich kann immer noch nicht schlafen und zünde mir noch eine Kippe an. In dem Zimmer ist nichts mehr, außer der Glut und Sinans Atem. Draußen wird es wieder hell. Ich muß zu Anna. Ich will sehen, wie es ihr geht. Auch wenn es keine Bedeutung mehr hat. Egal. Ich muß es machen. Ich frage Sinan, ob er mitkommt. Wenn er aufwacht. Bis dahin genieße ich das einfach. Wach zu sein, und alles ist ruhig.

Ich überrede Sinan, vorzugehen. Kein Mensch zu sehen. Anna macht ihm die Tür auf und bittet ihn rein. Sinan bleibt in der Tür stehen. Ich sehe Anna den Kopf schütteln, dann gibt Sinan mir das Zeichen. Anna sieht ganz okay aus. Sie umarmt mich flüchtig und fragt Sinan, was er trinken will. Sinan fühlt sich sichtlich unwohl, und ich kann ihm das gut nachempfinden. Hier stimmt was nicht, aber ich weiß nicht, was. Anna benimmt sich, als wären wir ihre Dinnergäste, und schwätzt irgendwas vor sich hin, während sie unsere Drinks mixt. Plötzlich taucht einer der Gorillas auf der Treppe auf. Sinan und ich greifen instinkiv nach unseren Waffen. Anna sagt, daß das okay ist. Ein Überbleibsel, eine Notfallsicherung. Der Gorilla sagt:

– Hallo.

Er verzieht sich nach draußen. Ich frage Anna, ob sie auf Pille ist. Sie lacht. Sie ist stark geschminkt, und ihre Augen verraten nichts. Wir sitzen auf der Couch. Anna fragt, wie es mir geht, was ich so treibe. Wie einen Fremden. Als wäre nichts passiert. Ich will wissen, was hier los ist.

– Was soll hier los sein, Felix? Es geht mir wunderbar. Tom ist so gut zu mir. Natürlich arbeitet er ungeheuer viel, jetzt, wo er an dieser großen Sache dran ist. Du kennst ihn ja. Er macht das alles für uns, weißt du.

Sinan guckt zu mir rüber und nippt an seinem Drink. Er fragt, ob wir allein sein wollen. Anna schreit auf:

– Aber nein, bitte bleiben Sie. Ich bin so froh, daß Felix einen Freund hat und ich ihn kennenlernen darf. Wir haben ja nicht oft die Gelegenheit. Felix ist so schüchtern, so verschlossen. Aber das wissen Sie ja. Darf ich Ihnen noch etwas anbieten?

Ich verpasse Anna eine Ohrfeige. Sie läßt ihr Glas fallen.

– Hör auf, Anna. Hör endlich auf

– Oh Gott, ist mir das peinlich. Entschuldigen Sie. Tom mag das überhaupt nicht, wenn Flecken auf dem Teppich sind. Ein Berber. Entschuldigt mich.

Sie will aufstehen. Ich halte sie an ihrem Handgelenk fest und ziehe sie zu mir:

– Anna, komm runter, bitte. Ich bin es, Felix, kapiert?

Was soll die Show, was ist hier los? Was haben sie dir eingefahren?

Sie sieht mir in die Augen, und die Tränen laufen ihr runter.

– Was soll denn los sein, Felix? Es ist doch alles in Ordnung. Warum tust du mir so weh?

– Warum bist du zu Tom zurück, warum bist du nicht bei Olli geblieben? Was haben sie mit dir gemacht? Mach endlich dein Maul auf!

– Sie haben nichts mit mir gemacht. Bitte, du tust mir weh. Was soll dein Freund von uns denken.

– Olli. Was ist mit Olli?

– Ich weiß nicht, wovon du sprichst, Felix. Ich kenne keinen Olli. Bitte laß mich jetzt los.

Mir wird schlecht vor Wut. Ich verpasse ihr eine zweite Ohrfeige, aber sie kichert nur und sagt, daß ich jetzt wirklich übertreibe. Daß sie sich jetzt endlich um diesen Fleck kümmern muß. Ich gebe sie frei, und sie verschwindet in der Küche. Ich fühle mich wie ein Haufen Scheiße, der in Ohnmacht fällt.

– Wir sollten gehen, Felix. Du kannst hier nichts mehr machen.

– Ich bringe ihn um. Ich schwöre, ich bringe ihn um.

– Komm, laß uns gehen.

Sinan steht vor mir, und es ist klar, daß er recht hat. Ich rufe Anna zu, daß ich jetzt gehe, und sie sagt, daß wir doch bestimmt zum Essen bleiben. Sinan schiebt mich zur Tür raus, obwohl ich gelähmt bin. Draußen steht der Gorilla rum und grinst mich dämlich an. Wahrscheinlich hat er Anna eben noch gefickt. Ich habe große Lust, ihn abzuknallen, aber Sinan zieht mich auf die Straße und hält mich in Bewegung. Der Mist auf den Straßen fängt tatsächlich an zu schmelzen. Das ganze läuft auf eine riesige Flutkatastrophe raus. Sinan hält mich noch immer fest, weil er weiß, daß ich gleich ausraste. Er sagt nur:

– Tut mir leid,

und ich weiß, daß er das ernst meint.

– Mir tut es auch leid. Oh man, tut mir das leid.

Ich will in die Kochstraße, um Tom zu zeigen, wie sehr es mir leid tut, aber Sinan hält das für keine gute Idee. Er meint, ich soll mich erst mal abregen. Wir besorgen ein paar Flaschen und knallen uns die Birne zu, was die Sache auch nicht besser macht. Wir drücken uns im U-Bahnhof Möckernbrücke rum, wie die letzten Penner. Button hätte mir was erzählt. Und Sinan auch. Aber es sieht so aus, als ob Sinan im Moment alles scheißegal ist.

– Mir ist nichts scheißegal, du Idiot.

Er kann Gedanken lesen. Ich frage ihn, ob er Gedanken lesen kann.

– Ich bin nicht so bescheuert, wie du glaubst.

– Ich weiß.

– Klar weißt du das.

– Laß uns abhauen, Sinan.

– Ja. Laß uns abhauen.

Wir bleiben neben der Rolltreppe hocken und warten aufs Nirwana. Die ersten Deppen werfen uns ihre Groschen vor die Füße. Die Feuerwehr fängt an, das Wasser aus den Kellern abzupumpen.

2

21. 6. 2000

LARS Die Arbeit geht voran. Die Evakuierung beginnt. Alles abgesegnet. Die Bewegung wächst. Die Umsiedlung. Diejenigen, die im Gebiet vom Terrordrom wohnen bleiben wollen, bekommen Sondervergünstigungen. Alles hört auf V, und V hat kein Gesicht. Die Mauer steht. Tom hat im Fernsehen die Verhandlungen geführt. Alle glauben das. Terrordrom. Unabhängiges Territorium. Erkämpft, errungen. Unabhängig. Die Verteidigungsorganisatoren operieren vom Bundesministerium der Verteidigung am Reichpietschufer und vom Bundeskanzleramt am Spreebogen aus. Berufssoldaten. Über das gesamte Territorium verteilt. Auf der Spreeinsel das Ausbildungszentrum. Freier Zugang. Alles verkabelt. Vernetzt. Der Freizeitpark macht ernst. Die Ordnung wird aufgehoben. An den Kontrolltürmen passieren die ersten Kunden. Die Umsiedlung. Freiheitswahn und unbedingte Selbstkontrolle. Hinter Mauern. V. Aus Überzeugung. Verteilung der Standardausrüstung am Eingang. Freilose. Danach bleibt jeder nur sich selbst überlassen. Jeder ist sich selbst überlassen. Das unabhängige Territorium entbehrt der Führungskraft. Freier Markt. Selbstzweck. Kein Gesetz. Alle eins und eins für alle. Abbruch jederzeit möglich. Wenn man wieder rauskommt. Wenn man es unverletzt bis zum Ausgang schafft. Hier kommt kein Mensch mehr raus. Festung der Freiheit. Jeder schießt auf jeden, wenn er die Freiheit gefährdet. Jeder ist jeder. Eine Frage der Verabredung. Koalitionen. Keine Währung. Keine Gewähr. Freier Markt der Selbstversorgung. Draußen kaufen die ersten Leute Schlüsselanhänger und Postkarten. Motiv: V – Terrordrom. Die feierliche Einweihung. Die Besetzung. Jeder glaubt, was er glauben will. Offiziell. Die feierliche Besetzung. Fahnen und Pump-Guns. T-Shirts und Halsketten. Wahrheit konzentriert sich auf einen Buchstaben. Alles vereinigt sich. Zur Feier des Tages fliegt der Reichstag in die Luft. Die Einweihung. Das Terrordrom ist eröffnet. Der Reichstag überlebt das nicht. Überall, drinnen und draußen, verfolgen sie auf riesigen Leinwänden die Sprengung. Das Feuerwerk. Die Begrüßung. Sie stürmen das Terrordrom. Nach sechs Tagen wird die Mauer dichtgemacht. Überschwemmung. Die Kapazitäten sind erschöpft. Es folgt der fliegende Wechsel. Die ersten Opfer. Das neue Material. Wartelisten. Und die, die ohne Eintrittskarte die Mauer überwinden wollen. Die Grenze sprengen. Keine Chance. Die schöne Illusion. Die Mauer hält. Das Terrordrom fängt an zu beben. Herzschlag. Schlag für Schlag. Ganz langsam. Auf der Suche nach dem Rhythmus. Unabhängiges Territorium. Alles zusammen. Frühling. Schlammwüste. Sommer. Brachland. Baufirmen prozessieren. Nebensache. Konkurs. Nebenkläger. Das Herz schlägt. Alles wächst. Herzschlag. Die Befreiung. Abgestecktes Areal. Die Mauer hält stand. Schlangestehen. Waffenausgabe. Nahrungsausgabe. Die Kanalisations- und Entsorgungssysteme nehmen ihre Arbeit auf. Paul Mehnert erhält das Bundesverdienstkreuz. Höchste Kategorie. Neuordnung der Gesellschaft: jeder ist auf seinem Platz. Internationale Beobachter informieren sich. Nachahmungseffekt. Paul Mehnert und Kafelnikow lassen sich gemeinsam fotografieren. Kein Widerstand. Aller Widerstand zusammengefaßt. Im Terrordrom. Sie haben einen Trumpf im Ärmel, den ich nicht kenne. Für den Notfall. Ohne Gewähr. Ich ahne das. Terrordrom. Unabhängiges Territorium. Einwanderung. Selbstläufer. Hakan transferiert die Umsätze. Kontrolliert die Kassen. Anette wirbt. Die Sprecherin. Ich halte mein Maul. Ghostwriter. Ich bin überflüssig. Sowieso. Ich lehne mich zurück. Ich beobachte. Die Schlagzahl erhöht sich. Ich bleibe ruhig. Ich habe nichts zu sagen. Ich sehe zu. Terrordrom. Unabhängiges Territorium. Mein Verdienst. Weil sich alle das verdient haben. Der Spaß beginnt. Wir verteilen scharfe Munition. Freizeitsoldaten auf ihrem Weg zur Freiheit. Der Thrill schlechthin. Draußen der Frieden. Draußen wird alles ruhig. Wer sich verteidigt, wer angreift, schleust sich ins Terrordrom. Unabhängiges Territorium. Darum herum der Frieden. Der Ausgleich. Die Ruhe. Die wiederhergestellte Ordnung. Alles im Griff. Paul Mehnert, die Institution. Tom, der Star. Anette, die Repräsentantin. Hakan, der Manager des Jahres. V, ein Held. Ohne Gesicht. V ist tot, und keiner merkt es, weil jeder V ist. Unabhängig. Mit allen Mitteln. In anerkannten Grenzen. Terrordrom. Die Zukunft. Wegweisend. Jeder nimmt Teil am Unternehmen Zukunft. Drinnen und draußen. Ich sehe zu. Ich habe nichts damit zu tun. Ich habe mich geirrt. Dafür werde ich bezahlt. Der Ausweg. Die faire Lösung. Sauber. Ich finde nicht mehr statt. Das Ergebnis. Ich behalte es für mich. Hakan. Für mich. Die Belohnung. Terrordrom. Unabhängiges Territorium. Die Glückwunschtelegramme. Erlebnisbericht der ersten Überlebenden. Die Völkerwanderung. Ins Zentrum. Natürlicher Austausch. Rein und raus. Und jeder bekennt sich. Drinnen und draußen. Jeder macht mit. Weil alle das gleiche wollen. Anette erklärt das. Tom präsentiert das. Hakan verkauft das. Alle wollen das. Ich sehe zu.

Ich schlage mit. Sie finden den Rhythmus. Und draußen bleibt alles ruhig. Keine Gefahr. Absolute Sicherheit. Ich bin in Sicherheit. Ich schreibe meine Memoiren:

PERFEKTES GHETTO. SELBSTREINIGUNG. WIR NEHMEN UNS, WAS UNS GEHÖRT, EGAL, WAS ES UNS KOSTET. WIR SIND ZUFRIEDEN MIT DEM, WAS MAN UNS BIETET. ALLES IST KÄUFLICH, UND ALLES, WAS KÄUFLICH IST, INTERESSIERT UNS MEHR ALS DAS, WAS UMSONST IST. WENN WIR DEN KRIEG ERKLÄREN, WOLLEN WIR DAFÜR BEZAHLEN. WIR WOLLEN DEN GEWINN: UNABHÄNGIGES TERRITORIUM. DAS IST DER GEWINN. EIN SIEG. TERRORDROM. ALLES IST KÄUFLICH, WEIL WIR KÄUFLICH SIND. DIE LETZTE KONSEQUENZ: DER DEAL. DER PERFEKTE DEAL. DAS FUNKTIONIERT IMMER. WIR SPRENGEN DEN BODEN UNTER UNSEREN FÜSSEN WEG, WEIL SIE UNS EINEN NEUEN BAUEN. DAS IST DER DEAL. PERFEKT. DAS GHETTO. UNABHÄNGIGES TERRITORIUM. NIEMAND FÄLLT DRAUF REIN, WEIL ALLE DRIN SIND. HASS IST KONSUMIERBAR. HASS IST KÄUFLICH. VON AUSSEN NACH INNEN. GHETTO. HASS IN SEINEN SELBSTGESTECKTEN GRENZEN. WEIL ALLES KÄUFLICH IST. WIR TOBEN UNS AUS. UNSERE FREIHEIT. DER GEWINN. TERRORDROM. UND ALLE SEHEN ZU. UND ALLE HABEN GEWONNEN. IM THEATER MALEN SIE JETZT DIE SCHWARZEN WEISS. ALLES ERLAUBT. WEIL WIR HIER DRAUSSEN SIND. UND DRINNEN SCHIESSEN SIE SICH DIE KÖPFE EIN FÜR UNS HIER DRAUSSEN, WEIL SIE DA KEINE FARBEN BRAUCHEN. NICHTS BLEIBT AUF DER STRECKE,

WEIL ALLES AUF DER STRECKE LIEGT. KENNWORT: SELBSTBESTIMMUNG. TERRORDROM. DIE GRENZE. WIR CHECKEN EIN INS PARADIES. DIE TODGEWEIHTEN GRÜSSEN DICH. V

Unveröffentlicht. Im Reißwolf. Ausgang ungewiß. Die Lage ist stabil. Ziel erreicht. Ohne Ziel. Weil es kein Ziel gibt. Herzlichen Glückwunsch. Terrordrom. Unabhängiges Territorium. Das Spiel geht weiter. Ich habe nichts damit zu tun. Alles läuft nach Plan. Frühlingsanfang. Sommer. Sommeranfang – Hakan lädt mich zum Essen ein. Ich halte mein Maul. Er will wissen, wie es mir geht.

– Alles im grünen Bereich.

– Klar.

Für ihn ist das klar. Weil er keine Ahnung hat. Coque au vin. Mir wird schlecht. Er sagt, daß er froh ist, daß alles so gut läuft. Weil er an dieses Land glaubt, kann er das sagen. Ich erinnere mich daran. Für Hakan. Seinen Rücken. Was sonst. Er sagt, daß ich mich verändert habe. Das soll ein Kompliment sein. Aus der Welt raus in ein Meer der Toten. Wir landen in seinem Bett. Ziel erreicht. Ich gehe zu Paul und Tom und erkläre ihnen, daß ich aussteige. Sie lachen sich halbtot und wollen wissen, wie ich mir das vorstelle. Weil ich längst draußen bin. Ich soll meine Tantiemen einstreichen und mein Maul halten. Paul klopft mir auf die Schulter. Er meint, daß ich mir das redlich verdient habe. Ich versenke meine Faust in seinem Magen und sage:

– Ein Abschiedsgeschenk.

Ich verziehe mich nach draußen. Der Verlag, die Festung unmittelbar vor der Mauer. Die Mauer klammert aus. Sie nehmen mir den Passierschein ab. Ich wehre mich nicht. Ich bin in Rente. Ich laufe durch die befriedete Zone und überlege, warum kein Mensch auf die

Idee kommt, wieder hier draußen zu sprengen. Ziel erreicht. Ich kaufe mir ein T-Shirt mit einen V drauf, darunter steht: TERRORDROM. Bekenntnis. Lars, der Sympathisant. Ich gehe zurück zu Hakan und frage, ob er mit mir zusammenleben will. Er grinst nur und sagt:

– Ja.

Ich will wissen, was mit Anette ist, und er sagt:

– Vergiß Anette.

Ich vergesse Anette und so ziemlich alles andere auch.

4. Teil

Abgang

19. 8.–20. 8. 2000

NICO Der Ford Mustang fährt durch die Stadt. Offenes Verdeck. MISS MEGATRANCE läßt ihre Haare auf der Rückbank fliegen. THE RAVEMAN ruft den Sommer aus. Buddy fährt. Sightseeing. Die abgewrackten Straßen können einem Mustang nichts anhaben. König der Straße. THE RAVEMAN möchte seinen freien Nachmittag im Terrordrom verbringen. Keine Chance. Aufnahmestop. MISS MEGATRANCE hält THE RAVEMAN zurück. Die Grenzposten überleben das. Buddy fährt die Mauer ab. Das ist nicht seine Welt. Das haben wir uns anders vorgestellt. Auf den Leinwänden übertragen sie gerade einen fingierten Kampf um das Innenministerium. Man kann nicht erkennen, wer gegen wen. Sie haben ihre Trikots vergessen. Buddy will das nicht sehen. MISS MEGATRANCE langweilt sich. Wir brauchen einen Plan. Der Spaß hat lang genug gedauert. THE RAVEMAN ist kein Chemiker. THE RAVEMAN ist der Sprengstoffmeister. THE RAVEMAN sagt:

– Alles auf einmal.

Er spricht von dem neuralgischen Punkt. MISS MEGATRANCE sagt:

– Megakick.

Buddy denkt an die Russenmafia, Kafelnikow. Ein Trauma.

– Bedeutungslos,

sagt The Raveman. Bedeutungslos. Buddy auf der falschen Fährte. Ich gewöhne mich daran. Miss Megatrance möchte sich erfrischen. Hitzewelle. Blauer Himmel überm Terrordrom. Ausflugslokale. Buddy überredet The Raveman, die Waffen im Mustang zu lassen. Hier draußen ist man jetzt sicher. Im Straßencafé die fröhlichen Menschen. Die Freigesprochenen. The Raveman will, daß wir synchronkotzen. Die Sonne scheint. Wir halten uns zurück. Ich bestelle die Getränke. Wir verhalten uns ordnungsgemäß. Kein Mensch fällt auf Miss Megatrance möchte einen V-Eisbecher. Wir bestellen einen V-Eisbecher mit drei Löffeln. Neben mir steht ein Junge mit seinem Türkenfreund und sagt:

– Hallo, Nico.

Glatter Durchschuß. Meine Hände zittern. Für einen Moment. Dann ist alles wieder ruhig. Ich sage:

– Hallo, Felix.

Ich erkläre Miss Megatrance, daß das mein Neffe ist. Miss Megatrance findet das süß. The Raveman sagt:

– Yeah, Felix. Setzt euch.

Miss Megatrance bestellt noch zwei Löffel. Glatter Durchschuß. Alles bleibt ruhig. Ich frage Felix, warum er nicht im Terrordrom ist.

– Kein Interesse.

Buddy ist stolz auf Nicos Neffen. The Raveman sagt:

– Fake. Fake. Fake. Der Junge ist in Ordnung.

Alles in Ordnung. Felix will wissen, was so läuft. Konspirativ. Fake Fake Fake. Glatter Durchschuß.

– Der Megakick, mein Junge.

Alles im grünen Bereich. Die Jungs sind sauber. The Raveman gibt sein Einverständnis. Der Sprengstoffmeister.

MISS MEGATRANCE sagt:

– Alles läuft nach Plan.

Glatter Durchschuß. Buddy zuckt mit seinen Schultern.

THE RAVEMAN fragt:

– Keine Fragen, Jungs?

– Keine Fragen.

Alles läuft nach Plan. THE RAVEMAN sagt:

– High Noon. Gute Zeit. Ihr seid dabei. Seid ihr dabei?

Felix guckt zu seinem Türkenfreund. Glatter Durchschuß. Sie sind dabei. Freier Eintritt. Buddy öffnet den Kofferraum von seinem Ford Mustang. THE RAVEMAN holt die Masken raus. Felix und sein Freund bekommen ihre Masken. Keine Fragen.

MISS MEGATRANCE streicht über Felix' Kopf. Buddy macht den Mustang startklar. Glatter Durchschuß.

– High Noon.

Felix nickt und starrt auf MISS MEGATRANCE. Buddy fährt los. Alles klar. THE RAVEMAN sagt:

– Yeah.

MISS MEGATRANCE sagt:

– Rendezvous.

Alles läuft nach Plan. Keine Fragen. MISS MEGATRANCE hat ein Rendezvous. Felix verschwindet aus dem Rückspiegel. Wir sind uns einig. Countdown.

FELIX Wir liegen am Ufer der Spree. Das Wasser ist so glatt, daß es aussieht, als ob es rückwärts fließt. Das Mondlicht zieht einen geraden Schnitt durch. Es ist fast still. Aus dem Terrordrom dröhnt das Echo von ein paar MG-Salven. Wir sind die einzigen im Park. In einem Meer der Toten. Wir können nicht schlafen. Sinan wirft seine Flasche in den Fluß, um ihn wieder in Bewegung zu bringen. Mein T-Shirt klebt auf der Haut, und das Bier ist pißwarm. In den Kolonien auf dem Mond hängen die Flaggen auf Halbmast. Sinan malt Kreise in die Luft, die stehenbleibt. Ich versuche zu erkennen, was für Bilder sie auf ihren Flaggen haben, aber ich kann sie nicht sehen. Ich frage Sinan, und er sagt, daß ihre Bilder unsichtbar sind. Er malt weiter seine Kreise. Ich warte auf irgendwas, das mir dieser Himmel zeigt, aber der hat keine Zeit für mich. Sie haben die Sterne abgeschafft und nur den Mond stehengelassen. Deshalb hängen ihre Flaggen auf Halbmast. Ich sende ihnen ein Signal mit der Glut von meiner Kippe, aber sie antworten nicht. Wahrscheinlich benutzen sie andere Codes. Sinans Arm ist jetzt ziemlich lang geworden, und er zieht ein paar der Fahnenmasten aus ihren Löchern. Die Kolonien schrumpfen sofort zusammen. Ihnen geht die Luft aus. Mir rinnt der Schweiß von der Stirn. Sinan schleudert die Stangen durchs All, aber sie finden kein Ziel, auf das sie treffen können. Die treiben jetzt Jahre durch die Umlaufbahn, und wir verglühen. Sinan sagt:

– Land unter,

und springt ins Wasser. Die Fläche löst sich auf, und der Fluß fängt wieder an zu fließen. Sinans Arme spritzen durchs Wasser, und irgendwo anders, in der Mitte der Mondlichtklinge, dreht sich sein Kopf in die Luft. Er zieht sich zurück an Land und regnet auf mich runter. Die Flußmoleküle setzen sich neu zusammen. Ich frage Sinan, wie das Wasser schmeckt, und er macht mir ein Bier auf. Pißwarm. Die Flaschen klicken gegeneinander. Der Ton hält sich nicht lange. Wir balancieren die Flaschen auf dem Bauch. Das beruhigt. Die Arme hinter dem Kopf verschränkt. Auf einem anderen Planeten. Wir suchen den Himmel ab, aber er verändert sich nicht. Und unter uns dreht sich die Erde. Ich versuche, mich reinzudrücken, um mich nicht mitzudrehen. Das bedroht die Flasche auf meinem Bauch.

– Das ist absurd,

sagt Sinan. Vielleicht dreht sich die Erde in zwei Richtungen, und wir treffen uns die ganze Zeit. Sinans und meine Atmung ist identisch. Das Bier schaukelt absolut synchron. Und kein Stern will da oben verbrennen.

– Wünsch dir trotzdem was.

Wir behalten das für uns und zünden die letzten Kippen an. Allmählich verfärbt sich das Licht. Hinter der »Insel der Jugend« wechseln sie die Filter aus. Über dem Wasser wuchern die Dunstschleier und lösen den Horizont auf. Die Mondkolonien sind jetzt auch unsichtbar. Wir werfen die Flaschen. Sie bleiben im Nebel hängen. Wir warten nicht. Wir warten auf niemanden mehr. Wir sind uns einig. Wir gehen zu Nico. Vor seinem Haus der Mustang. Sinan hat das gelernt. Man hört fast nichts. Ich steige auf der anderen Seite ein. Sinan hält die Drähte aneinander. Die Zündung. Sinan fragt:

– Alles klar?

Ich sage:

– Ich muß noch was erledigen.

Sinan hält am Paul-Lincke-Ufer und will wissen, ob er mitkommen soll. Er weiß, daß die Frage überflüssig ist. Ich ziele auf das Schloß, und die Tür geht wie von alleine auf. Lars hängt mit diesem Hakan im Bett rum. Ich komme ungelegen. Meine Magnum ist auf den Kopf von Lars gerichtet. Zwischen die Augen. Er sagt:

– Hej, Kleiner! Was ist los? Beruhige dich.

Ich weiß, daß er Schiß hat. Daß er nicht cool ist. Hakan pißt gerade in die Laken. Ich ziele auf Hakan, und Lars schreit:

– Nein!

Ich ziele wieder auf Lars. Er sagt nichts mehr. Seine

Fresse ist total entstellt. Die Angst. Ich weiß nicht, was er jetzt denkt. Ich will es nicht wissen. Er ist es nicht wert. Sinan startet den Mustang, und wir fahren los. Keine Ahnung, wohin wir fahren. Der Tank ist voll.

Bitte beachten Sie
die folgenden Seiten

Das Haus ächzte. Meistens ächzte es zwischen drei und vier Uhr morgens, manchmal noch ein zweites Mal gegen halb fünf. In den ersten Nächten waren Leon und Martina davon aufgewacht. Jetzt integrierten sie das Geräusch in ihre Träume, in denen es fortan von knarrenden Brücken und umstürzenden Bäumen nur so wimmelte. Und dann die neuen Tapeten. Sie hafteten nicht überall gleich gut. An verschiedenen Stellen kam Wasser aus der Wand und löste den Klebstoff oder hinterließ Ränder, die wie peinliche Schwitzflecken aussahen. Innen an den Fensterrahmen tropfte Wasser herunter.

»Wird alles besser, wenn es zu regnen aufhört«, sagte Leon.

»Ein gnadenloses Debüt.«
Die Zeit

Karen Duve

Regenroman

»Ein sensationeller Erfolg.«
Der Spiegel